光文社文庫

長編推理小説

歌わない笛

内田康夫

KOBUNSHA

目次

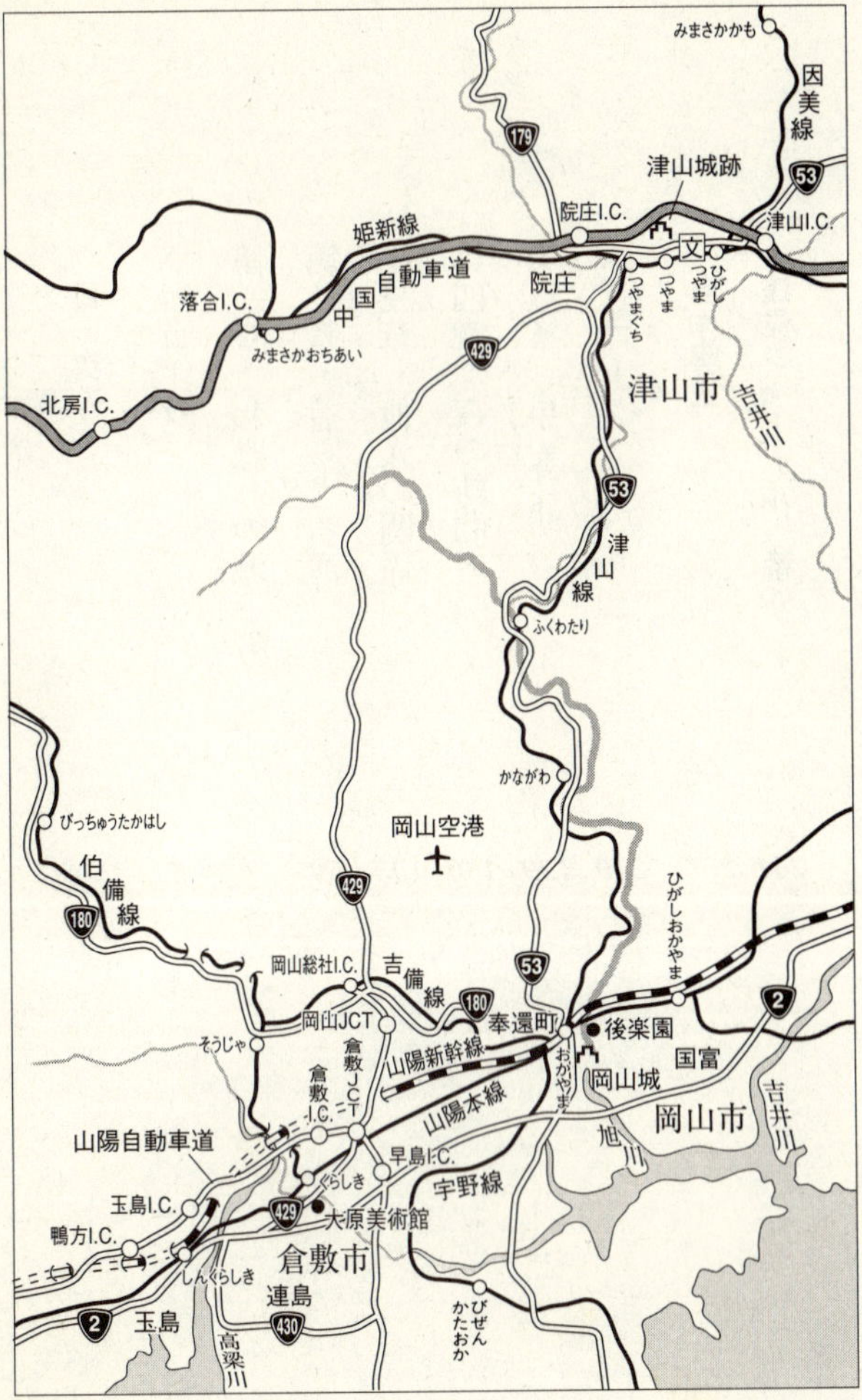

みまさかかも
因美線
179
津山城跡
53
院庄I.C.
津山I.C.
姫新線
文
ひがし
つやま
つやま
つやまぐち
中国自動車道
院庄
落合I.C.
みまさかおちあい
429
津山市
吉井川
北房I.C.
53
津山線
ふくわたり
かながわ
びっちゅうたかはし
岡山空港
伯備線
180
429
岡山総社I.C.
吉備線
180
53
ひがしおかやま
2
岡山JCT
奉還町
後楽園
そうじゃ
倉敷JCT
倉敷I.C.
山陽新幹線
おかやま
岡山城
国富
山陽本線
岡山市
吉井川
山陽自動車道
早島I.C.
旭川
くらしき
宇野線
玉島I.C.
429
大原美術館
鴨方I.C.
倉敷市
しんくらしき
びぜんかたおか
連島
2
玉島
430
高梁川

プロローグ

第一級の強大な寒波が日本のほぼ全土を覆っていた。そこへ西から二つの低気圧が、ちょうど日本列島を南北に挟む恰好《かっこう》で東進しつつあった。気象情報は北九州から降りだした雪が、夕刻から明日の昼近くまで四国を含む西日本全域に大雪をもたらすだろうと予告し、警報を発令した。

午後五時頃——と、後に目撃者は語っている——裏山につづく農道のような細い舗装道路を、女性が独り、登って行った。

濃紺のフードがついたコートを着て、同じ色のストッキングかソックスか、とにかく靴に到《いた》るまで濃紺一色の服装だった。フードでスッポリと頭部を包み、俯《うつむ》きかげんに、いくぶん背を丸め、いかにも寒そうに心細げに見えた。

空には重い雪雲が垂れ込め、気まぐれのように雪片が舞い落ちてくる。予報どおり、間もなく本格的な雪になるのだろう。

職業訓練学校の生徒たちが、山道にかかる前の駅へ向かう通りで、その女性とすれ違った。誰もが家路を急いでいたから、それほど注意して見つめたりしたわけではないのだが、紺ずくめのいでたちが印象に残った。

それと、彼女が手にしている、紺色の細長いケース状のものが、あまりふだんは見かけない、ちょっと風変わりな感じで、そのことが記憶を助けた。女性にとっては、まず服装、その次にアクセサリーといった具合に、ほかの女性が持っているバッグや傘などが気になるものである。

その女性が手にしていたのは、あれはフルートのケースだった——と、目撃者の一人が証言している。自分も中学時代にクラブ活動で吹奏楽をやっていたので、日頃から見慣れた物だという。

紺色ずくめの女性は独りで山道を登って行った。

山といっても、特別に名があるほどの山でなく、小高い雑木林といったところだ。あんな道を、どこへ行くつもりだろう？——と、目撃した者は不審がった。かといって、関心がそれ以上に発展することはなく、その女性のことはすぐに頭の中から消えた。彼女の記憶が鮮明に蘇《よみがえ》るのは、翌日の、それも午後遅くになってからのことである。

第一章　わたしの城下町

1

　雪で新幹線が遅れて、岡山駅での乗り継ぎ時間はわずか五分という慌しさであった。新幹線ホームからいちばん遠い十六番ホームまで、本沢千恵子《ほんざわちえこ》はヴァイオリンケースを抱えて走ることになった。

「それ、お持ちしましょうか」と岩崎《いわさき》が言ったが、「けっこうです」と断った。岩崎は小心なほどよく気のつくマネージャーだが、愛器ストラディバリだけは、いつも自分で抱いていた。岩崎は「すみません、すみません」を連発しながら、両手に自分のと千恵子のとバッグを下げて走っている。

「列車が遅れたのは、べつにあなたのせいではありません」

千恵子は喘《あえ》ぐ息で慰めた。

なんとか間に合ってほっとしたら、何のことはない、津山《つやま》線もやはり雪のせいでダイヤが乱れているのだそうだ。岡山訛《なま》りを感じさせる、のんびりしたアナウンスが「お急ぎのところ申し訳ありませんが……」と告げている。そんなことなら、頑張って走るのではなかった。

急行「砂丘6号」のグリーン車は車両を真ん中から分けて、前半分だけがグリーン扱いである。禁煙席の区別もないから、車内はもうもうとした煙が立ち込めて、千恵子は気分が悪くなりそうだった。発車する前からこんなでは、髪も衣服もニコチンの臭《にお》いに染まってしまうにちがいない。

「これに一時間も乗るんですか?」

岩崎に囁《ささや》くと、また「すみません」と頭を下げた。

二十分ばかりの遅れで、列車はゴトンと動きだした。急行だが、曲がりくねった単線を行くので、スピードはそれほど出せないらしい。

「不便なところなんですね」

言ってからしまった——と悔やんだとおり、岩崎は「すみません」と謝った。もう、この男には何も言うまいと千恵子は思った。

ウィーンの音楽祭で銀賞を受賞して凱旋《がいせん》帰国して以来、千恵子はあちこちのコンサートに招かれた。文字どおりの引っ張りだこで、手が幾本あっても足りないほどだ。なるべく無理しないで、いい仕事だけを——と希望するのだが、いろいろな義理があって、そうもいかないものである。

長塚音楽事務所は比較的良心的で、アーチストを大切に扱ってくれるはずなのだが、それでも断りきれない仕事が殺到していた。

津山音楽大学でのコンサートも、そういった義理がらみの仕事であった。長塚音楽事務所に所属しているピアニストの柳田龍也《やなぎだたつや》が津山音大の教授を務めていて、千恵子がウィーンへ出発する前から共演のスケジュールを決めてあった。それを、ウィーンで受賞したからといって、キャンセルしていいはずのものではない。それどころか、箔《はく》がついた本沢千恵子への期待が高まっていると、現地からの熱いメッセージが送られてきていた。

それにしても、ずいぶん辺鄙《へんぴ》なところに音大があるのね——と、窓外を過ぎる田園や谷間の風景を眺めながら、千恵子は思った。岩崎から仕入れた知識によると、関西から西では、広島のエリザベト音楽大学とここだけが、四年制の音楽大学なのだそうだ。広島はともかく、福岡にも、それに岡山市にもない音大がこんな——というと地元の人間には叱《しか》られそうだが、こんな奥まった場所にあるのは、ちょっと意外な気がする。

父親の誠一《せいいち》に「岡山県の津山っていうところに行くの」と言うと、「ふーん、院庄《いんのしょう》の近くだな」と頷《うなず》き、「船坂山や杉坂と御後《みあと》慕いて院庄……」と唸《うな》るように歌った。

「なに、それ？」

「なんだ、知らないのか、だめなやつだな、院庄といえば後醍醐《ごだいご》天皇の史跡のあるところじゃないか」

「後醍醐天皇がどうしたの？」

「幕府に敗れた後醍醐天皇が、都から隠岐《おき》の島に送られる途中、出雲《いずも》街道を通り院庄に行宮《あんぐう》を置かれたのさ。そこで、忠臣児島高徳《こじまたかのり》が桜の幹に一首をしたためた。天勾践《てんこうせん》を空《むな》しゅうするなかれ、時に范蠡《はんれい》無きにしもあらず……とね」

少し節をつけて言う父親の、懐かしそうな表情が印象的だった。

そういう父親も、津山についてはそれ以外の知識はなさそうだ。「たしか桜の名所があったと思うが……」という程度である。

津山線は旭川《あさひがわ》という美しい流れに沿って走り、やがて山間《やまあい》に入り込んで行く。昨日の雪はこのあたりでとくに厚く積もったらしい。ひどい徐行運転をすると思ったら、窓の下で保線工事の人々が出て残雪の処理に立ち働いていた。

「津山音大って、どうしてこんな山奥に創《つく》ったのかしら？」

千恵子は素朴な疑問を口にした。岩崎も今度は「すみません」ではすまなくなって、首を傾《かし》げ、「さあ……」と考え込んでいる。

　ふいに、前の席の客が背凭《せもた》れの上から顔をねじ曲げるようにして後ろを向いて、「あんた、津山音大に行くんかな？」と訊《き》いた。地元の訛りのある、五十がらみの紳士だ。

　千恵子は驚いたが、「ええ」と答えた。

「それやったら、やめたほうがええですよ」

「えっ？　どうしてですか？」

「あそこはいま、ややこしいことになっとるけえなあ。真面目《まじめ》に音楽の勉強するんじゃったら、やめたほうがええ」

　どうやら、千恵子のことを受験生と勘違いしたらしい。

「あの……」と、岩崎がマネージャーらしい心配をして言った。

「ややこしいと言いますと、倒産するとか、そういったことですか？」

「いや、倒産はせんけどなあ、ごたごたしとるけえ、勉強どころじゃないんじゃ」

　どういうことだろう？――と思った時、紳士の隣の男が「やめとけや」と制止して、紳士は顔を引っ込めた。

（何なの、これ？――）と、千恵子は岩崎に目顔で訊いたが、岩崎は忙しく首を横に振った。

　山肌が左右に迫ったところを抜けてしばらく走ると、パッと視界が開けた。新雪を頂く山並みに囲まれた盆地であった。

津山駅の改札口に五人の男女が一塊になっていて、その内の一人が「本沢千恵子先生」と書いたプラカードを高々と掲げている。

「参ったなあ……」と、千恵子は岩崎の陰に隠れるようにして改札口を出た。岩崎は「すみません、すみません」を連発した。

看板を掲げて迎えたのは音大の事務局の者で、「戸川といいます」と名乗った。ほかの四人はいずれも学生だった。学生たちは間近にウィーン音楽祭の受賞者を見て、緊張と興奮に包まれた様子だ。代表格の男子学生が「よくおいでくださいました」と、握手を求めて差し延べた手が震えていた。

「こちらこそ、お招きいただきまして、ありがとうございます」

千恵子は丁寧に礼を言った。こういう言葉を何の衒いもなく言えるようになったのは、ごく最近のことである。

戸川の運転する車で、ものの一、二分走ったところに大学があった。津山市内を貫流する吉井川の河畔にそそり立っている。

川沿いの道を走りながら眺めると、幅が百メートル近くはありそうな川面から、断崖が立ち上がり、その上にレンガ壁の校舎が建つ光景は、まるでライン河畔に建つ中世の城を思わせる佇《たたず》まいだ。

「きれいなところですねえ」

千恵子は素直な感想を言った。

「この地に音大を創られた方の気持ちが、分かるような気がします」

「そうおっしゃっていただくと、われわれも嬉《うれ》しいです」

事務局員の戸川は、ハンドルに頭を下げるようにして言って、「みなさんがそう思うてくれると、ありがたいのですがねえ」と、残念そうに付け加えた。

「そうではないのですか？」

千恵子は不審に思って訊いた。

「は？　はあ、まあ……あの、本沢先生はご存じではないのですか？」

「え？　何のことでしょうか？」

「あ、いや、まだ先のことですが……」

ちょうど大学の門を入るところだったこともあって、戸川はあいまいに言葉を濁してしまった。

キャンパスのあちこちにも雪が積もっている。車を出ると、しんとした冷気に包まれ、千恵子はまたしてもウィーンの冬を思い出した。

玄関前には柳田をはじめ職員たちが出迎えていた。噂《うわさ》を聞きつけて駆けつける学生も少なくない。中には「本沢さーん」と、宝塚ばりに無遠慮な声をかける者もいて、ちょっとした賑《にぎ》わいになった。

「雪で来られないかと思って、心配しちゃったよ」

柳田は親しげに千恵子の肩を抱くようにして、学長室に案内した。

学長は名刺を出して「岡野《おかの》です」と名乗った。名刺には「津山音楽大学理事長・学長　岡野隆文《たかふみ》」とある。六十歳ぐらいだろうか、丸顔に銀縁の遠近両用メガネをかけ、見るからに温厚そうな紳士だった。

「理事長さんと学長さんを務めていらっしゃるのですね」

千恵子は少し意外な気がした。

「そうです。中には権力の集中だとか、誹謗《ひぼう》する人もおりますがね」

岡野は天井に向かい、のけ反るようにして笑った。笑ってはいるが、そういう事実があるのかもしれないと千恵子は思った。千恵子は詳しいことは知らないけれど、経営者側の代表である理事長と、教授会や学生側の代表といっていい学長の職を、同一人物が務めるケースは珍しいのではないだろうか。

「お疲れでしょう。演奏会までは二時間ほどありますから、いったんホテルに落ち着かれてはいかがでしょうかな」

岡野学長が言い、柳田もそれがいいですと賛同して、市内のホテルに向かった。

吉井川を渡った側には、スーパーやデパート、ホテル、官公庁の建物が集中していて、そちら側が旧《ふる》くからの市街地なのだそうだ。大学から、川を挟んで対峙《たいじ》するように望める石垣の台地が津山城跡で、松平家十万石の城下町だったところだ。

「松平の前は森家です。例の、本能寺で織田信長《おだのぶなが》と一緒に死んだ森蘭丸《もりらんまる》の弟の、森忠政《ただまさ》が最初の殿様だったそうです」

運転役の戸川が解説した。以来、二百六十年続いた城も、明治四年の廃藩置県を経て明治七年に壊され、その石垣だけが残った。石垣や桜や松があざやかに雪化粧した城山は、あまり高い建物のない市街の上に、どっしりとして威容を誇っている。

「春ともなれば、全山桜に埋め尽くされ、遠くからの観光客で、大変な賑わいです」

「ああ、父がそんなこと、言ってました。津山の桜はとても有名なのですってね」

千恵子が言うと、戸川は「そうですか、ご存じでしたか」と喜んだ。

「あの、戸川さんがさっきおっしゃりかけたこと、まだ先のことだっていう——あれは何だったのですか？」

千恵子は思い出して、訊いた。

「は？　はあ……」

戸川は当惑げに生返事をしかけたが、ごまかし通すわけにもいかないと思ったのだろう。

「これは私から聞いたとおっしゃらんでください」と前置きをして、話しだした。

「じつは、津山音大の移転話が持ち上がっとりましてねえ。いや、もうほとんど本決まりになっとるんです」

「えっ、移転て、どちらへですか？」

「倉敷《くらしき》のほうです」

「倉敷……いいですねえ」

「いいか悪いか……」

「あら、どうしてですか？　倉敷なら新幹線に近くて便利だし、イメージだっていいじゃありませんか」

「大学と、それに倉敷のほうはそれでいいかもしれませんが、しかし、地元の津山としては困るのです」

「ああ、そう、それはそうですよね」

千恵子は大学周辺に群がるように建つアパートを思い浮かべた。吉井川を渡る橋の上からも、斜面に幾重にも並ぶアパートが見える。あのアパートの家主や付近の商店街をはじめ、大学関連で潤ってきた地元の住民にとっては、死活問題になるだろう。

そのほか、一つの大学が移転するとなれば、千恵子など想像するすべもないほど、さまざまなところに、物心両面で大きな影響を及ぼすにちがいない。

「でも、それ、急に決まったのですか？」

「まあ、急に決まったといってもいいようなものです。われわれ、大学内部にいる人間でさえ、まったく寝耳に水でしたから」

「えーっ、ほんとですか？」

「本当です。学長のほかは、ほんの一人か二人しか知らなかったようです。もちろん教授の先生方も、誰もご存じなかったということですので」

「でも、どうして移転するのかしら？　環境からいえば、あの場所はとてもすばらしいと思いますけど」

「それはたしかに、環境は抜群であることは間違いありません。問題はさっき本沢先生もおっしゃったように交通が不便なこととかですね……」

「あ、あの、ごめんなさい、その先生っていうの、やめてください」

千恵子は顔を赤らめて言った。

「は、そうでしたか、すみません。どうも、大学ではみなさん先生ですので、つい……それでは本沢さんとお呼びしてよろしいのでしょうか?」

「ええ、お願いします。それで、交通の便の悪いことは分かりますけど、でも、考えようによっては、だからこそ音楽を学ぶ環境としては優れているっていうこともあるのではないでしょうか? ザルツブルクなんか、もっと不便なところでしたよ。それが悪い条件になるとは思えないのですが」

「おっしゃるとおりです。しかし、学長はそうはお考えではないのですね。現実に、東京から教授先生をお招きする場合など、岡山から津山までの道のりがけっこう、負担になるのです」

「ああ、それは確かにそうかもしれませんわね」

千恵子は実感をこめて言った。

「それに、何よりも深刻なのは、将来にわたっての学校経営に対する不安ですね。すでに就学人口は減少しつつありますし、これまで二年制しかなかった九州四国にも四年制の音大が設立される動きがあります。津山音大の学生の八割までが岡山県外出身者であることからいっても、将来、学生の確保すらおぼつかなくなるという見通しなのです。倉敷ならば、岡山以西ばかりでなく、関西方面からはもちろん、さらにもっと東のほうからも学生が集まるだろうという見通しです」

「なるほどねえ……そうお聞きすると、ほんとに学長さんのお考えどおりですねえ」

「はあ、大学の側からすれば、きわめて合理的と考えることもできるわけです」

「でも、大学が移転するとなると、大変な費用がかかるのじゃありません？　たとえば用地を手に入れるとか」

「それがですね、用地のほうは倉敷市が面倒見てくれるのだそうです。しかも、助成金として百億からの金額を議会が承認するところまで話が進んどりまして」

「へえーっ、すごいんですねえ」

千恵子は驚いてしまった。

「もっとも、そうはいいましても、新校舎の建設や移転などにかかる費用も膨大なもので、一説には二百億ぐらいではないかと言われております」

「じゃあ、全部合わせると四、五百億にもなるんじゃありませんか？　そんなに沢山のお金を使うくらいなら、このまま津山にいて、そのお金を丸々プールしておいたほうがいいみたいな気がしますけど」

「ははは、ほんまですねえ」

戸川は千恵子の素人考えに、笑いながら同意を示した。

「市民の人たちはどうなのかしら？　音大が移転するのに、反対はしないのですか？」

「とんでもない、猛反対ですよ。市長から市議会、青年会議所、観光協会から何から、みんなこぞって引き留め運動を展開しました。バスを仕立てて倉敷市議会に押しかけたりもして、なんとか計画を変更してもらうようお願いしたのですが、結局はだめでした」

「大学内部の人たちはどうなのですか？　たとえばあなたなどは」

「私ですか？　私は地元の人間ですので、できることならおってもらいたいです。教授先生の中には、何も知らずに家を新築された方もいらっしゃいますし、逆に、柳田先生のように東京から見える方にとっては、倉敷のほうが便利がいいでしょうし、いろいろではないでしょうか。しかしまあ、大学の人間はともかくとして、市民はほとんど全員が怒っとるでしょうなあ。大学に対して怒っとるいうより、倉敷市のやり方が、札束で横面を張るみたいにえげつない言うてますよ」

喋《しゃべ》っているうちに、戸川自身も怒りが湧《わ》いてくるのか、ときどきハンドルを手で叩《たた》いている。運転を誤りそうで、千恵子は気が気ではなかった。

2

津山国際ホテルは東京あたりとは較《くら》べようがないにしても、地方都市のホテルとしては出色《しゅっしょく》の、小ぢんまりとした、明るい清潔なイメージだった。ケーキやパンも自家製らしく、パン職人の恰好《かっこう》をした男が、ロビー脇《わき》のコーヒーショップに、出来立てのパンを運んでいる。結婚披露宴の打合せをしているらしい若い男女の客も三組見えたし、いかにも経営が順調にいっていることを思わせた。しかし、戸川の話を聞いたあとだけに、千恵子としても神経質に、いろいろ余計なことを考えてしまう。

こういうホテルも、音大の受験生や付添いの父兄などの宿泊に使われなくなると、その影響はばかにならないだろう。戸川は「音大の受験は試験前に数日間の講習合宿のようなものがあるのです」と話していた。入試シーズンはいわば観光のオフシーズンに当たる。それだけに、そのお客を当て込んでいる市内のホテル・旅館にとってはさぞかし大打撃にちがいない。

そんなことを思って見るせいか、ホテルのフロントの顔色も冴《さ》えないような気がしてくる。「精算は音大のほうでやりますので」と戸川が断りを言うのに対して、「はい、分かりました」と答えるフロント係の口調は、心なしか素っ気なく聞こえる。音大関係のお客を迎えて、つい複雑な心境になったとしても無理はない。ほかの一般市民だって、きっと同じ心境だろう。

（いやなことを聞いちゃった――）

部屋に落ち着いてから、千恵子はしだいに憂鬱《ゆううつ》になってきた。気分転換にヴァイオリンを取り出して指慣らしをした。外気で冷えたのを、時間をかけて室内温度に慣れさせたつもりだが、それでも愛器は機嫌の悪そうな冴えない音を出した。

千恵子にはこのホテルでいちばんいい七階のスィートルームをあてがってくれた。マネージャーの岩崎はワンフロア下の部屋だそうだ。

窓からは吉井川の対岸に聳《そび》える津山音大がよく見える。前身の短期大学創立から六十年、音大が出来てからでも三十年になるそうだから、あの大学のある風景は、津山の街のシンボルといっていいはずだ。企業城下町という言葉があるけれど、明治維新で城がなくなった、かつての城下町津山は、またしても「城」を失おうとしているわけだ。

軽くサンドイッチをつまんで、夕方六時からの開演に合わせてホテルを出た。機嫌の悪いヴァイオリンをコートの下に抱くようにして車に乗った。雪の残る街は、日が落ちるといっそう冷え込んできた。うっかり「寒いわねえ」と言って、また岩崎の「すみません」を聞くことになった。

津山音楽大学の演奏ホールは八角形の変わった建物である。創始者の宗教的な考えからそういう形にしたそうだ。そういえば、どことなく外観が、平泉《ひらいずみ》の中尊寺《ちゅうそんじ》金色堂《こんじき》に似ていないこともない。このほうが音響効果としてはかえっていいのかもしれない。

六百ある椅子《いす》席は満員で、壁際に立ち見が出る盛況であった。ほとんどが音大の学生と職員で、一般の市民には僅《わず》かしか入場券が回らなかったそうだ。

初めに岡野理事長兼学長の挨拶《あいさつ》があった。本沢千恵子のウィーンでの受賞を褒《ほ》め讃《たた》え、その栄えある受賞者が、はるばる雪の中を本学に来演してくれたことの幸運を強調した。倉敷への移転問題に触れるかと思ったが、その話は出ずじまいだった。

挨拶が終わり、係員が出番を告げに来た。千恵子は定刻より少し遅れているのは分かっていたが、控室でチューニングを念入りにしてから、柳田龍也の先導でステージに出た。万雷の拍手が二人を迎えた。

まず、柳田のピアノで「クロイツェルソナタ」を弾いた。千恵子の大好きな曲だったこともあって、心配したヴァイオリンのご機嫌はいつのまにか回復して、アレグロの乗りも快調だった。

そのあとブラームスとシューマンを弾いて、アンコールを背にステージを降りた。

「いいねえ、驚くほど上手《うま》くなった……なんて、僕ごときが言うのもおこがましいくらいだ」

柳田は興奮ぎみに褒めてくれた。アンコールにはプロコフィエフの小品を弾いて、さらにつづくアンコールの中で幕を下ろしてもらった。千恵子自身、疲れてなければ、もっと弾いてもいいくらいに気分が乗っていた。高地のせいか、空気が肌にピリッとする感じがヨーロッパに似ている。ヴァイオリンの音色も悪くなかった。

そのあと、岡野理事長の招待で、市内随一という料亭に連れて行かれた。

「随一といっても、東京あたりとは較べるべくもありませんですがね」

料亭の門を潜《くぐ》りながら、岡野は千恵子の耳に囁いた。それはそうなのかもしれないけれど、千恵子だって、そうそう高級料亭なんて知っているわけではない。ただ、会席料理のあの次々に料理の出てくるシステムは好きだった。

広い座敷に大きな紫檀《したん》のテーブルを二つ繋《つな》げて、八人分の席が設《しつら》えてあった。理事長夫妻と千恵子と岩崎、それにピアノの柳田とヴァイオリンの石井《いしい》譲《ゆずる》、フルートの三原《みはら》智之《ともゆき》という三人の主任教授が席を占めたが、千恵子の隣に一つだけある空席の客が遅れているということであった。

「いいから、始めましょうかな」

痺《しび》れを切らした岡野が仲居に合図をした時、「お見えになりました」という女将の先導で、男が入ってきた。「やあ、どうも遅うなって申し訳ありません」と賑《にぎ》やかな声で挨拶をしている。

千恵子は顔を伏せたまま、軽くお辞儀をしたから、男の顔を見ていなかったのだが、男のほうから、「あれ、あんた……」と、無遠慮な声が飛んできた。

「たしか、列車の中で会《お》うた人じゃなあ」

目を上げて男を見て、千恵子は「あっ」と言った。前の席から振り返った男だ。

「やっぱりそうじゃ、あんた……あれ、そしたら、そちらさんが本沢千恵子先生じゃったんかな。いやあ、失礼をばいたしました。私はてっきり受験生かとばあ思うとりました。こりゃあ驚きましたなあ。ははは……」

恐縮しているのか面白がっているのか分からないような態度である。千恵子の目の前にいる岡野学長はにがりきったように、「すでにお顔は合わせておいでのようですが、あらためてご紹介させていただきましょうか」と言った。

男はさすがに居住まいを正して、「笹倉《ささくら》いいます」と頭を下げ、名刺を出した。「岡山県議会議員　笹倉正直《まさなお》」とあった。学長が補足して「笹倉議員さんには、津山音大を物心両面でいろいろ応援していただいております」と紹介した。

応援している割には、千恵子を受験生と見間違えながら、「ややこしいことになっとるけえ、やめたほうがええ」などと貶《けな》すようなことを言ったのは、どういう了見なのだろう——と、千恵子は呆《あき》れる想《おも》いで笹倉の顔を見てしまった。

笹倉は五十代なかばといったところだろうか。恰幅《かっぷく》のいい赤ら顔で、いかにも硬そうな髪の毛をポマードで押さえ込んで七三に分けている。見るからに精力的で、傍若無人に何でもやってのけそうな感じがする。

料理が運ばれてきて、まずワインで乾杯をした。千恵子はウィーン留学中に、少し嗜《たしな》む程度のことは覚えてきたけれど、すぐにグラスを置いて、料理のほうに専念した。津山は内陸だが、鳥取県に近いためか、松葉ガニを使った料理などもあって、どちらかといえば和食の好きな千恵子を喜ばせた。

「本沢先生、ひとつ注《つ》がせてつかあさい」

笹倉はすでにビールに移っていて、グラスとビンを両手に持って、千恵子に押しつける恰好をした。

「いえ、私はもういただきませんので」

千恵子は辞退した。

「まあ、そうおっしゃらんと、ええじゃないですか、なあ先生」

「いえ、ほんとにだめなんです。それから、その先生というのはおやめください。まだ修行中の身分ですから」

「何を言うとられるんですか。パリで優勝して来られたんでしょうが。せぇじゃったら立派な先生じゃないですか」

絡みつくような言い方から察すると、どうやら、笹倉はここに来る前に、どこかで下地が出来上がっているらしい。顔が赤いのはそのせいでもあったのだ。

「パリでもなければ優勝してもいません。ちょっと失礼します」

千恵子は席を立って座敷を出た。カニの足にかぶりついていた岩崎が、慌てておしぼりで手を拭《ふ》きながら追いかけてきた。背後で笹倉の「なんじゃあ、愛想なしじゃのう」とぼやく声が聞こえた。

「大丈夫ですか？」

岩崎が心配そうに脇から千恵子の顔を覗《のぞ》き込んだ。

「大丈夫だけど、帰りましょう」

「えっ、ほんとに？」

「ほんとですよ、不愉快ですもの。岩崎さんは残るなら、私だけ先にホテルに帰ってますから、どうぞご遠慮なく」

「じょ、冗談でしょう、僕だって帰りますよ。それじゃ、ちょっとご挨拶だけでも」

「いいですよ、挨拶なんて。私は帰りますからね」

「まあまあ、学長さんに挨拶だけでもしていかないと、柳田先生の立場が……」

押し問答しながら玄関近くまで来たところへ、岡野学長が追いついて、「どうも申し訳ありません、ご不快をおかけしたでしょう」と詫《わ》びた。

「笹倉さんも少し酔っておられるもんで、悪気はないのですが、どうも困ったもので……まあ勘弁してやってください」

「学長先生にそんなふうにおっしゃられると……私のほうこそわがまま言ってすみませんけれど、ちょっと疲れておりますので、お先に失礼させていただきます。柳田先生や皆さんにはよろしくお伝えください」

「そうですか、仕方がありませんなあ。分かりました、みんなにはよく申し伝えますので、どうぞお大事にしてください。お気を悪くなさらずに、これからも津山音大のために、よろしくお願いいたします」

岡野はさすがに紳士であった。丁寧に頭を下げられ、かえって千恵子のほうが恐縮してしまうほどだ。考えてみると、あれしきのことで席を立つなどというのは、礼を失することかもしれない。しかし、そういうはっきりしたところが、よくも悪くも自分の性格なのだ——と千恵子は割り切っていた。

「外にうちの車を待たせてありますので、ご利用ください」

岡野に見送られ、帳場に預けたコートをもらって玄関を出ると、車の中で待機していた戸川がびっくりして飛び出した。

「あれ？　もうお帰りですか？」

「ええ、ちょっと……あの、送ってくださるのですか?」

「もちろんですが……えーと、ホテルでいいのでしょうか?」

暗い軒灯の下で、怪訝《けげん》そうに千恵子と岩崎の顔を交互に見ている。

「できたら、どこか、地元の珍しい物が食べられるところがあるといいのですが」

岩崎が小声で言って、千恵子に「ホテルなんかより、そのほうがいいでしょう?」と同意を求めた。千恵子も異存はない。

「そしたら、『お多福』がええですかね。キジはお嫌いですか? あまりきれいなところではありませんが、キジ鍋《なべ》の旨《うま》いところがあるんですけど」

戸川が訊いて、二人ともそれでいいと答えた。

「何かあったんですか?」

車を走らせながら、戸川が背中の客に訊いた。

「いや、もちろん何かあったに決まっとりますよねえ。おなかが空《す》いているのに、料亭から出てこられたのですから」

「ええ、ちょっと不愉快なことがあったのです」

「やっぱり……ほんなら、あれと違いますか。笹倉県議がなんぞ失礼なことでも言うたんじゃあないですか」

「よく分かりますね」

「分かりますよ、誰でも。あのひとはほんま、酒癖が悪いんで有名ですのでね。学長さんも、笹倉県議と付き合うてるお陰で、だいぶんイメージを悪うしとられるというのが、世間一般の評判です」

「お多福」というのは商人宿のような古い旅館で、食事だけのお客も受けて、座敷でキジ料理を食べさせる。本当は予約が必要なのだが、戸川はこの家の若主人と津山高校のクラスメイトなので融通が効くのだそうだ。

戸川は外で軽い食事をすませてきたのだそうだが、二人の客に付き合って鍋をつついた。頃合いを見計らって若主人も顔を出し、思いがけなく賑やかな宴になった。

キジ鍋というのは、千恵子はもちろん岩崎もはじめてだったが、キジの肉を薄切りにしたものや、つみれにしたもの、それぞれが柔らかくて、臭みやくせがなくて、本当に美味であった。それに、野菜類も種々入り、とりわけセリの根っこの部分が存外に柔らかく風味がよく、いくらでも食べられそうだった。岩崎などは感激して「うちのカミさんに食べさせたい」などと、手放しでのろけ、みんなの失笑をかっていた。

笹倉県議の評判の悪い点は、「お多福」の若主人も認めていた。その話になると、とめどなく事例が出てくる。典型的な利権本位の政治屋タイプの男で、不動産ブローカーのようなことをやっていて、代議士連中とうまくパイプを繋いで、公共事業の情報などをいち早くキャッチしては、ぼろい儲《もう》けを重ねているそうだ。

もっとも、千恵子にはそういう話は何の興味もない。戸川も若主人もそれに気づいて、話題はすぐに変わった。笹倉のようなねばっこさのない、さっぱりした気風は、お城があった時代からの、この津山というところの土地柄なのだそうだ。

「津山の人間はほんま、商売が下手で、ねちっこさが足りません。そねえなことじゃけえ、音大を倉敷に取られてしまうのです」

若主人は残念そうに言った。

「まあ、そねえに言うなよ。津山にとっちゃあつらいけど、音大自体にとっちゃあ、倉敷に出ることによって、大きゅう飛躍する結果になるかもしれんのじゃけえ」

戸川はやはり音大の人間らしく、最後は結論づけるように言って、岩崎に「明日のご予定は？」と訊いた。

3

おひらき——という時刻になって、一同が挨拶を交《か》わし席を立った時、戸川のポケットベルが鳴った。

「学長でしょう。たぶん、無事にホテルまでお送りしたかどうか、心配しとられるんじゃと思います」

戸川は片目をつぶって見せて、ひと足先に座敷を出て、帳場の電話に急いだ。

千恵子と岩崎が若主人の先導で玄関へ出た時、玄関脇の帳場で、戸川が電話に向かった恰好で、受話器を握ったまま、ぼんやりと佇んでいた。斜め後ろ姿が、まるで幽霊のように心もとなく見えた。

「どねえしたん？」と若主人が声をかけると、振り返った顔が土気色であった。

「えれえことじゃ……」

戸川はいまにも泣きだしそうに、縋《すが》るような声で言った。体が小刻みに震えているのが分かった。

「しっかりせにゃあ」

若主人が励ますように言って、とにかく戸川の手にある受話器をもぎ取って耳に当て、相手がいないことを確かめると、電話機の上に戻した。

「何があったんなら？」

「死んだ……」

「死んだ？」

若主人は驚いて、千恵子と岩崎のほうをチラッと振り向いてから、戸川の肩を摑《つか》んで揺すぶるようにして訊いた。

「死んだいうて、誰が死んだんなら？」

「康子《やすこ》がじゃ、康子が死んだ……」

「康子いうて、あの夏井《なつい》康子さんがか？」

「ああ、そうじゃ、康子じゃ、自殺なんじゃてえ」

「自殺？　そねえなあほな……」

「あほじゃねえ、ほんまじゃ、ほんまに死んだんじゃ……」

戸川はついに、若主人の肩に縋って泣き声を発した。騒ぎを聞きつけて、女将や仲居や若主人の夫人までが次々に現れた。

幸いシーズンオフであることと、昨日の雪のせいで、ほかに客はいないが、とにかくここではまずいからと、元の座敷に引き返した。千恵子と岩崎も、どういうことなのかよく分からないが、見捨てて帰るわけにもいかない。

「夏井康子さんていうのは、戸川の恋人で、間もなく結婚するはずの女性なんです」

若主人が説明してくれた。

「じゃあ、フィアンセが自殺なさったのですか？」

「と言うとるんですけど、じゃけど僕には信じられません。戸川の話じゃと、きわめて順調にいっとるようじゃったし、噂でも、そねえな破局的なことは聞いとりませんし。何かの間違いじゃあないかと……」

若主人はしきりに首をひねる。当の戸川はテーブルに突っ伏した頭を両手で抱えるようにして、まったく動かなくなった。

しかし、戸川の言ったことはそれから間もなく裏付けられた。刑事が二人やって来て、戸川に事情聴取をするというのである。さっきの電話は戸川の所在を確かめるための、警察の依頼によるものであったらしい。

戸川一人を座敷に残して、ほかの連中は追い出された。

玄関先まで来て、千恵子と岩崎は戸川の運転でここまで来たことを思い出した。

「ホテルはここから歩いて三、四分のところですが、何でしたらタクシーをお呼びしましょうか」

ストラディバリを抱えた千恵子に若主人が言ってくれた。こういう厄介なことには関《かか》わりたくない岩崎は、すぐに「そうですね」と応じたが、千恵子は「もう少し様子を見ましょうよ」と言った。まったくの赤の他人とはいえ、あの戸川の様子を見ながら、つれなく引き上げるわけにもいかない。

玄関ロビーの応接セットに腰を下ろして、仲居が運んでくれたお茶を飲みながら、若主人が戸川と夏井康子の話をした。それによると、夏井康子は津山音大の卒業生で、在学中に戸川と親しくなり、去年、卒業する直前に結婚の約束を交わしたのだそうだ。

康子の実家は岡山市の奉還町《ほうかんちょう》にあり、津山ではアパート暮らしをしていた。音大を卒業すると、自宅に戻り、フルート教室を開いたということだ。

「せえにしても、自殺とはなあ……」

若主人は何度も首をひねった。どう考えても納得いかないのだという。

刑事の事情聴取は案外簡単に終わった。二人ともまだ二十代らしい若い刑事で、ちょっと見た感じは、その辺のスポーツ好きのあんちゃんといったタイプだ。玄関まで来ると、外の様子を窺《うかが》って「寒そうじゃなあ」「ほんまじゃのう」と肩をすくめあった。

若主人の母親である「お多福」の女将さんが、「どうぞ休んで行ってください。いま熱いお茶をお入れしますから」と、千恵子たちの向かいのソファーを勧めた。若主人も「どうぞどうぞ」と言い、自分は戸川の様子を見に座敷へ行った。

千恵子は刑事が座るのを待って、「どうもご苦労さまです」と言った。

「ああ、どうも」と、いくぶん年長そうなほうが言い、「あなた方は戸川さんのお知り合いですか?」と訊いた。最近の刑事は、一般人に対する言葉づかいに気をつけているのか、思ったより丁寧だ。

「ええ、まあそうです」

「ほう、東京のひとですか」

イントネーションで、すぐに分かったらしい。

「こちら、有名なヴァイオリニストの、本沢千恵子さんです」

岩崎が横から注釈を加えた。

「へえっ、ヴァイオリニストというと、これですか?」

刑事は妙な手つきで、ヴァイオリンを弾く真似《まね》をした。音楽にはあまり詳しくないらしいが、「有名な」のひと言で、多少は尊敬してくれたようだ。

お茶とお茶菓子が出て、刑事は旨そうにお茶を啜《すす》った。

「あの、戸川さんの恋人が自殺したって、本当ですか?」

千恵子は遠慮がちに訊いた。

「ああ、本当ですよ」

「いつですか?」

「昨夜の七時か、八時頃です」

「どこでですか？」

「倉敷の玉島《たましま》いうところの、山の中みたいなところです。今日の午後になって、死んどるのが発見されましてなあ」

刑事はすっかり尻《しり》を落ち着けて、しばらくはここでのんびりしてゆくつもりなのか、まんじゅうを摘まみながら、いろいろ喋ってくれた。といっても、刑事の話は断片的で、自分たちが熟知している地理的なことや、捜査に関係のない情景描写などについては、もちろん話してくれない。その部分を補足して、事件の概要を説明すると、次のようなものになる。

倉敷市玉島は市の最西端、高梁川《たかはし》の西岸にひろがる、港湾と広大な干拓地《かんたく》を中心にした地域である。玉島は江戸時代から高梁川の河口港を基盤とする商業の町として栄え「小浪華」と称された。その後、干拓が進み、農漁業から近代に入っては小工業も導入され、近隣との町村合併が行われて、昭和二十七年には「玉島市」に昇格、人口も五万人を超えている。

ところが、明治二十四年に鉄道が開通した際、玉島の中心街から三キロも北を通ったために次第に港が衰微《すいび》して、せっかく市に昇格した頃には過疎《かそ》傾向が進みつつあった。昭和四十二年には倉敷市に併合され、玉島は倉敷市の大字《おおあざ》の一つになってしまう。

玉島はしかし、若き日の良寛和尚《りょうかんおしょう》が修行した名刹円通寺《めいさつえんつうじ》のあることで、よく知られている。現在も南の港町付近には古い土蔵や商家が立ち並び、保存・整備運動が盛り上がっている。ただ、玉島地区の北の半分は、新幹線駅がある割には、さっぱり発展しない、よく言えばのどかなところである。

山陽新幹線を走らせる時、岡山と福山のあいだにある倉敷市にもどうしても駅を――という希望があった。しかし岡山駅から従来の倉敷駅までの距離は短すぎて、新幹線駅を作るわけにいかない。そこで苦肉の策として、この玉島に新倉敷駅を作った。もちろん、地元出身の政治家の圧力があっただろうことは想像に難くない。その結果、岐阜羽島駅同様――というより、羽島よりさらに辺鄙な何もない場所に駅が出来た。そのうちに周辺が発展するだろうという目論見《もくろみ》は、これまでのところはずれているようだ。

新倉敷駅の北側、およそ一キロばかりのところに、百々《どうどう》という地名がある。灌木《かんぼく》の繁《しげ》る小高い名もない山の南側に、二、三十戸の農家が、少しばかりの野菜や果樹を栽培したり、養《よう》鶏《けい》業を営んだりしていたが、近頃は勤めに出る家が多くなって、家々も近代的な街の家と変わりのないものが増えた。

小山のすぐ北側を山陽自動車道が走り、その向こうはもう吉備《きび》高原である。二十五年ぶりの大雪で、この地方では珍しい銀世界が現出し、自動車道も昼過ぎまで通行止めになった。

午後三時頃、山裾《やますそ》の民家で飼っている犬が、雪ではしゃいで遠走りして行ったかと思うと、はげしく吠《ほ》え立てた。（何を騒ぎよるんじゃ――）と飼い主の老人が様子を窺ったが、まるで狂ったように吠えるばかりで戻ってこない。

老人は気になって、まだ雪の溶けきらない細道を辿《たど》り、雑木林を大きく迂回《うかい》して、吠える犬のそばまで行ってみた。犬は老人の姿を見ていっそう元気づき、飛び跳ねるようにしてさらに吠えた。

雪の中に紺色の衣服をまとった人間が横たわっていた。犬が騒ぎ、あるいは助け出そうとでもしたのか、あたり一帯の雪はかき散らされて、かなりの部分が露出していたが、それまではおそらく、雪の下に埋もれて、近くを通っても気づかないほどだったかもしれない。

老人は倒れている人間が若い女性であり、すでに死亡しているのを確かめたが、ともかく自宅に戻ると１１９番に電話した。まだ助かる可能性があると思ったかどうか、老人自身、はっきり憶《おぼ》えていないという。

救急車が雪でてこずっているあいだに、老人の案内で近所の人間が数人、現場に駆けつけ、雪の中から掘り出したが、女性は完全に冷たくなって、死後硬直のように固まっていた。その時の彼らの感想は、雪で道に迷い、凍死《とうし》したもの――だったそうだ。

救急隊員もすぐに死亡を確認して、その場から警察に通報している。しかし、玉島警察署員が現場に到着したのは、それからさらに三十分後のことであった。

「それじゃ、現場保存はぜんぜん出来てなかったのですね？」

刑事の話の途中で、千恵子は思わずそう叫んでしまった。

「そうですがな、現場保存どころか、あたり一面、足跡だらけでめちゃくちゃで、証拠も何も……ほう、あなた、捜査のことに詳しいみたいですなあ」

刑事は千恵子が「現場保存」などという警察用語を使ったことに気づいて、感心したように言った。

「あらっ、いえ、そういうわけでは……」

千恵子は照れたが、内心、まんざらでもない気持ちもあった。父親の失踪《しっそう》に始まる連続殺人事件に巻き込まれて、千恵子自身、あわや殺されかかった事件（『高千穂伝説殺人事件』参照）は、まだ記憶に新しい。その事件を通じて、千恵子は犯罪や警察のことについて、ずいぶんいろいろな知識を得ることになったのだ。

「ははは、最近はミステリーブームですけえなあ。小説家がかっこいい探偵を創り出すんはええけど、無責任なことを書くもんじゃけ、市民の人たちがやたら詳しゅうなってしもうて、刑事も負けそうですわ」

刑事は笑いながらぼやきを言って、「じゃけど」と顔を引き締めた。

「今回のは単純な自殺でしたよ。遺書もあったし、最後にフルートを吹いて……まあ、覚悟の自殺いうところでしょうなあ」

「えっ、自殺する間際にフルートを吹いたのですか？」

「そのようです。というても実際にフルートを聴いた人間がおるわけじゃあないですけど、フルートを持った恰好で死んどったですけえ、たぶんそうじゃないかと……なんじゃったら、現場写真、見ますか？」

刑事は背広の内ポケットに手を突っ込んだ。岩崎は「いえいえ、僕はけっこう」と逃げ腰だが、千恵子は「ええ、拝見します」と言った。

「ほう、さすがにええ度胸しとられますなあ」

刑事は感心したのか、呆れたのか分からない口調で言いながら、手札サイズの写真を二葉、テーブルの上に出した。

「きれいなひと……」

第一声、思わず千恵子は呟《つぶや》いた。写真はカラーで、真っ白な雪と同じくらいに白い女性の顔がまず目に飛び込んできた。濃紺のコートが全身を包んでいるだけに、フードと漆黒の髪に囲まれたような白い貌《かお》は際立って美しく見えた。血の気が失われた中で、唇にさした紅の色がバラの花のように印象的だ。

「この写真、戸川さんもご覧になったのですね」

「ああ、見ましたよ」

「どんなお気持ちだったかしらねえ」

「そりゃまあ、ショックじゃったじゃろうなあ。婚約しとったそうですけえ」

写真の女性はたしかにフルートを手にしていた。コートの胸の辺りで、指をキイの上に当てて、いとおしそうに、しっかりと抱いている。降る雪の下で、指はこごえなかったのだろうか……。

同じ音楽を愛し、音楽に勤《いそ》しむ者として、千恵子はその女性に感情移入し涙が出そうになって、慌てて写真を刑事に返した。

「とてもきれいでしたけど、死因は何だったのですか？」

「毒物の服用による中毒死ですな。使用した毒物の名は言えませんけど、お医者の話によると、カプセルに入った毒物を、コーヒーで飲み込んだのではないかということでした。遺体の近くで、空っぽの缶コーヒーが発見されとります。おそらく、カプセルが溶けて、死亡に到るまで、フルートを吹いとられたんじゃあないでしょうかなあ」

刑事も若い男性として、やはり同情的な気持ちになるのだろう。少ししんみりした口調で言った。

「遺書には何て書いてあったのですか？」

「遺書の内容は言うわけにいきませんけど、まあ、要するにお世話になったとか、ご恩は死ぬまで忘れませんとか、そねえなことですな。死ぬまでいうても、えろう短いあいだになったわけじゃけど」

刑事はジョークを言い、笑いかけて、不謹慎に気づいて真顔を取り繕《つくろ》った。

刑事が引き上げたあとも、戸川は結局、座敷から現れなかった。よほどのショックだったにちがいない。

千恵子は諦《あきら》めて、女将に「よろしくお伝えください」と言い残し、ホテルまで歩いて帰った。

4

城があった頃の遺風だそうだが、津山の夜は早く、午後十時になろうというこの時刻になると、飲み屋以外、ほとんど開いている店はない。街は暗く、寒さが一入《ひとしお》身にしみた。岩崎は歩きながらしきりに、「大変な演奏旅行になってしまって、どうもすみません」と謝っていた。

「そんなことないですよ。いろいろなことがあって、面白かったわ……なんて言ったら悪いわね。ほんとに戸川さん、お気の毒。いいひとなのにねえ」

ホテルに戻ると、部屋に入る前にコーヒーショップに立ち寄って、カフェオレを飲んだ。岩崎は紅茶にブランディをたっぷり入れてもらって飲んでいる。ここも十時半までで閉店だそうだ。

「だけど分からないものですねえ、婚約したばかりで、幸せの絶頂にあると思っていたのに、その恋人に自殺されちゃうんだから、何を信じて生きていけばいいのか、分からなくなりますよ。いや、女ってのは理解しがたい人種ですねえ」

アルコールが入ったとたん元気になったのか、岩崎はがぜん饒舌《じょうぜつ》になった。

「あら、私も女性の端くれですけど」

「えっ、あ、いや、これはうちのカミさんのことです。まったくカミさんときたら、何を考えてるのか分かりませんからね。結婚前は素直な控えめな女だと思っていたのですが、結婚してみたらぜんぜん……」

首を横に振って、情けなさそうに目と口を閉じた。

「それは奥さんだって同じかもしれませんよ。真面目なひとかと思って結婚したら、けっこう遊び人だったりして」

「遊び人て、僕がですか？　とんでもない、僕は真面目ですよ。まあ、こういう職業ですから、夜遅くなるのは仕方ないですけど、ぜんぜん浮気だってしないし。せいぜいギャンブルぐらいなもんですよ。そう見えませんかねえ？」

「はいはい、そう見えますよ」

「ははは、その言い方だと、何だか疑ってるみたいですねえ」

岩崎は笑って、「そういう本沢さんはどうなんですか？」と訊いた。

「どうって？」

「つまり、結婚のこととか、恋人とか、そういうの、ないことはないのでしょう？」

「残念ながら……」と、千恵子は憮然《ぶぜん》として首を横に振った。

「えーっ、嘘《うそ》でしょう。本沢さんみたいな魅力的なひとが、恋人の一人や二人いたって不思議はないですよ」

「そう、そうですよねえ。私だってそう思うわ。こんなに若くて可愛《かわい》い女を放《ほう》っておくなんて、世の中の男性どもは何をしているんだろう——なんてね」

冗談めかして言っているが、多少、本音の部分がないこともなかった。

「いやあ、信じられませんねえ。けど、考えられないこともないかなあ。やっぱり本沢さんは立派すぎるんですよ。なんたって日本を代表するヴァイオリニストですからね。近づきがたいし、傷つけたら大変なことだし、とにかく恐れ多いっていう感じですかね」

「いやだわ、恐れ多いだなんて。ほんとは、素敵な男性が現れたら、コロッといっちゃうつもりなのに」

言いながら、千恵子の脳裏をチラッと一つの面影がかすめた。

（あのひと、どうしているかしら——）

「あ、すみません、お疲れでしょう。そろそろお部屋に戻られますか」

岩崎の目には、千恵子の心ここにあらざるような表情が倦怠《けんたい》と映ったらしく、職業的な言葉遣いに戻って言った。

「そうですね」と、千恵子は立った。

「じゃあ、先に失礼します」と言うのに、岩崎は「そういうわけにはいきません」と、席を立った。そのくせ、ウェートレスに二杯目のブランディーがたっぷり残っているテーブルを指さして、「すぐに戻って来るからね」と言っている。ウェートレスはチラッと時計を見たが、それでも、長っ尻のお客に愛想のいい笑顔を見せた。

エレベーターに乗って、行き先階のボタン数字を押そうとしている岩崎の指を、何の気なしに眺めていて、千恵子はふいに、心臓の辺りにかすかな痛みのようなショックを感じた。

「あらっ、変だわ……」

思わず声が出た。

「えっ、すみません」

とりあえず謝っておいて、岩崎は「何階でしたっけ？」と振り返った。

「ううん、そうじゃなくて……ずうっと、何となく、胸に何かが引っかかったみたいに気になっていたんですけど、いま、ふっと思い出しました。やっぱりあれ、変ですよ」

「変て、何がですか？」

岩崎は、わがままな女王様を見つめるような、当惑げな顔をしている。

「ほら、さっきの、刑事さんが見せてくれた写真です」

「ああ、あれですか。僕はあまり見ないようにしてましたけど、あの写真がどうかしたのですか？」

「あの写真、亡くなった夏井康子さんでしたっけ、あのひと、フルートを持っていたでしょう」

「そうでしたね。最後にフルートを吹いたって言ってました」

「そのフルートなんですけど、あの写真の彼女、フルートを逆の手で持っていたのじゃないかしら」

「逆の手？」

「ええ、そう。右手を手前に左手を先のほうにして、こんなふうに」

千恵子は胸の前で、縦笛を構えるようにして、夏井康子がフルートを抱いて死んでいたポーズを作った。

「はあ、そうでしたかねえ……ちょっと気がつかなかったけど」

岩崎は思い出したくもない――というように、視線を逸《そ》らして、「あっ」と閉まりかかったドアを押さえた。

「七階ですよ」

いつの間にか七階に着いてドアが開いていたのに、まったく気がつかなかった。

部屋の前まで千恵子を送り届けて、岩崎はまたコーヒーショップに戻って行った。どうやら岩崎はこの話題の相手には相応《ふさわ》しくないようだ。そう思った時、また千恵子の頭には、あの男の面影が浮かんだ。

ホテルの窓から見ると、夜の津山は本当に寂しい街であった。低い家並みは明かりが乏しく、そのはるかかなたに津山音大の窓明かりがくっきり望めた。つい何時間か前にあそこのホールで演奏していたのが、ずいぶん遠い昔のような気分であった。

あの建物のどこかの教室で、去年の春近くまで、夏井康子がフルートのレッスンに励んでいたのだと思うと、何となく、彼女の不幸がまったくの他人事《ひとごと》ではないような気がしてくる。

カーテンを閉めると、ベッドに腰を下ろして、千恵子はフルートを持つ手の恰好を作った。目を閉じてあの写真の記憶を頭に呼び戻す。紺色のコートの上に、固く握りしめるような指でフルートを抱いた姿が、ありありと瞼《まぶた》の裏に蘇《よみがえ》った。

やはり、夏井康子のフルートの持ち方は逆だったと思う。

知識のある人間にとっては、間違えようのないばかげたことだけれど、フルートを手にしたことのない人にフルートを渡し、ポーズを作ってもらうと、ときどき逆手に構える場合がある。本来は、左手を歌口に近く、右手を遠くして、顔の右側に構えるのだが、手の位置を反対にして、顔の左側に向けて構えるのである。あの奇妙なポーズは、それだったのではないだろうか。

知識のない者が、夏井康子の指にフルートを持たせた――とすると、それはどういうことを意味するのか。

千恵子は背中から何かに衝《つ》き動かされるように、電話に向かい、「あの男」の番号をダイヤルした。

「はい、浅見《あさみ》でございます」と、聞き憶えのある若い女性の声が応じた。たしか須美子《すみこ》というお手伝いさんだ――と思った。

「あの、本沢といいますけど、光彦《みつひこ》さんはいらっしゃいますか？」

「申し訳ありません、ただいま外出中で……あの、本沢様とおっしゃいますと、ヴァイオリンの本沢様でしょうか？」

須美子のほうも、ちゃんと憶えていてくれた。

「ええそうです、ご無沙汰《ぶさた》しております」

「あ、いえ、とんでもございません、こちらこそ……あの、ウィーンでの銀賞、おめでとうございます。こちらのみなさんも本沢様のお噂をいたしておりました」

「ありがとうございます。どうぞよろしくお伝えくださいね」

「はい、かしこまりました……あの、坊っちゃまは間もなく戻られると思いますけど、こちらからお電話差し上げるようにいたしましょうか？」

まだ「坊っちゃま」と呼ばれているんだわ――と、千恵子は浅見の照れくさそうな顔を思い浮かべた。

「もしお願いできれば」と、ホテルの電話番号を言って受話器を置いた。

浅見からの電話はそれから十分ばかりでかかってきた。「やあ、どうもしばらく、津山国際ホテルですか、妙なところに行っているんですね」と、好奇心の強い浅見らしい挨拶をした。

「ええ、こちらに津山音楽大学というのがあって、そこで演奏を頼まれたものですから。あの、浅見さんは津山ってどこか知ってました？」

「もちろん知ってますよ。近くに院庄があるでしょう」

「あら、院庄もご存じなんですか？」

「ははは、そのくらい知ってなくてどうしますか。船坂山や杉坂と——っていう歌があるくらい有名な史跡ですよ」

電話の向こうで歌っている。千恵子は「ははは……」と笑ってしまった。

「は？　何かおかしいこと言いましたか」

「いいえ、そうじゃなくて、父がその歌を歌っていたんです」

「なるほど、同じ程度に古いやつだと思って笑ったのですね」

「古いなんて、そんな……何でもよく知っていらっしゃると思って、感心したのです」

「まあいいでしょう。で、用件はそんなことではないのでしょう？」

「ええ、違います。じつは、その津山音大の卒業生が昨日、自殺したんです。そのことで、浅見さんにご相談しようと思って」

「なるほど、つまり、その自殺には疑惑があるっていうわけですね」

「あら、よくお分かりですね」

「そりゃ分かりますよ。そうでもなければ、こんな夜更けに、つまらない男のところに電話してくれるはずがないでしょう」

「いいえ」と、千恵子は笑いを嚙《か》みしめて言った。

「こういうことがあったから、やっとお電話させていただく口実が出来たんです」

「うまいうまい。それで、疑惑の理由は何なのですか？」

浅見はあっさりと事務的な口調になった。千恵子は（つまんない——）と胸の内で悪態をついてから、例のフルートの疑惑を話した。浅見は「うんうん」と聞いていたが、すぐに
「それはおかしい」と言った。

「本沢さんの言うとおり、それは自殺を偽装した他殺ですよ。それに対して警察はなんて言っているのですか？」

「いえ、警察にはそのこと、まだ言ってません。だって、刑事さんと別れてから、そのことに気がついたのですもの」

「だったら、明日にでも教えてやったほうがいいですよ。でないと、このまま自殺で片づけかねませんからね」

「分かりました、そうします」

「その結果をまた連絡してください」

浅見はそれだけ言うと、「じゃあ」と電話を切った。まったく、女心の分からないヤツだ。

わ——と、千恵子は恨めしい目で受話器を睨《にら》んだ。

翌朝、勢い込んで玉島署に電話したが、昨日の刑事は二人ともまだ出勤していなかった。

「昨夜、津山にいらした刑事さん——」と言うと、デスクらしい男が「それは西山《にしやま》と森川《もりかわ》じゃな、どっちですか？」と横柄《おうへい》な言い方をした。

「どちらでもけっこうです」

「どっちもまだですよ。昨夜遅かったけえな、十時頃には出て来ると思うけど」

だったら「どっち」なんて訊かなければいいのに——。

「じゃあ、お伝えください」

千恵子は昨日見た夏井康子の写真に、重大な疑惑があることを話した。デスクは「ふーん、フルートがなあ」と感心したような口ぶりだったが、千恵子の指摘をちゃんと受け止めてくれたのかどうか、心もとない感触でもあった。

出発の準備を整えてロビーに降りると、岡野学長が柳田以下、昨夜料亭で一緒だった三人の主任教授を従えて待っていてくれた。

「昨夜はご無礼をしました。これに懲《こ》りずにぜひまた津山にお出かけください」と丁寧すぎる挨拶で、かえって千恵子のほうが恐縮してしまった。

まだ時間があるというので、ラウンジでお茶を飲んだ。千恵子が昨夜の夏井康子の「自殺事件」を言い出すと、もちろん全員がニュースで知っていた。フルートの三原教授の話によると、去年の卒業生の中ではトップクラス三人の一人だったそうだ。

「じつに素直な学生で、センスもよかったですよ。何があったのか、どうしてこんなことになってしまったのか……これからの活躍を期待していたのに、残念です」

教え子の突然の訃報《ふほう》に戸惑いを隠せず、沈鬱な表情で言った。

「事務局の戸川さんと婚約していらっしゃったそうですね」

千恵子が言うと、そのことも全員が知っていた。

「昨日、ご一緒していたのですけれど、戸川さん、どんなご様子でしたか？」

「いや、けさはまだ顔を見ていませんな。夏井君のことを聞こうと思ったのだが……ひょっとすると、岡山の夏井君の家のほうに行ったのじゃないですかね」

「ああ、そうですね。もしお会いになったら、よろしくお伝えください」

千恵子は言ってから、思いきって、昨夜見た夏井康子の写真のことを話してみた。

「フルーティストが、フルートをそんなふうに持つものでしょうか？」

「いや、それは変ですねえ。まずそんな不自然な持ち方はしませんよ。わざわざ意識的にそうしたのならともかく、無意識に手に取ったらこういうふうに持ちますね。絶対といっていいでしょう」

三原は自分でポーズを作って、そう断言してから、急に不安そうな顔になって言った。

「もしそうだとすると、夏井君は自殺ではなくて、殺された可能性があるのじゃないですかね」

「三原先生、めったなことは言わないほうがいいですよ」

岡野学長が窘《たしな》めた。

三原は「しかし……」と反発しかけたが、千恵子が「すみません、妙なことを言い出しまして。ひょっとすると私の見間違いかもしれません」と詫びて、話を打ち切った。

音大の人々とはホテルの玄関先で別れ、学長に大型のベンツで駅まで送ってもらい、別れ際にお土産《みやげ》まで頂戴《ちょうだい》した。そのせいではないけれど、こんなに紳士で立派な学長が、利害得失がからむと、憎まれたり誹謗されたりするのか――と、気の毒な気がした。

岡山駅で新幹線まで少し時間があった。千恵子はもう一度、玉島署に電話してみた。今度は昨日の刑事がいて、「西山ですが」と電話口に出た。

「あの、昨夜、『お多福』でお目にかかった本沢千恵子といいますが」

「ああ、ヴァイオリンの先生ですな。昨日はどうも」

よく喋った年長のほうの刑事であった。

「朝方お電話して、夏井康子さんの自殺に疑問があるってお話ししたのですけれど、お聞きになりましたか?」

「ああ、あれは聞きました。さすが専門家らしい着眼ですが、しかし、やっぱり自殺じゃいうことは間違いなさそうですよ」

「そうでしょうか?」

「たまたま、ああいう握り方をしとっただけで、実際にフルートを吹いたもんかどうかは分からんのです」

「でも、フルーティストなら、無意識に持つ場合でも、ああいう持ち方はしないと思うのですけど」

「さあ、その辺になると、われわれにゃあさっぱり分かりませんがね。それとですね、その後の調べで、その日の夕刻、夏井さんが一人で山のほうへ向かって歩いて行くのを、何人も目撃しとることが判明したんですよ。まあ、あれはやはり自殺ですな。しかし、わざわざ知らせてくれて、どうもありがとうございました」

一方的に言って電話を切りそうな気配を感じたので、千恵子は慌てて言った。

「あの、それじゃ、自殺の原因は何だったのですか?」

「原因ははっきりしたことは言えませんが、まあ、あれでしょうなあ、恋人と何か揉《も》めごとがあったんじゃあないですか。音大の移転先で死んだいうのも、一種のいやがらせかもしれんですしね」

「えっ、音大の移転先って?……」

「あ、知らんかったんですか。自殺した場所いうのは、倉敷市玉島の、津山音大の建設予定地なのですよ。二年後にはそこに大学が出来て、戸川さんいう、あの恋人もそこに勤めることになっとったんです。いやあ、女性が思いつめると、怖いですなあ」

「そうだったのですか……」

千恵子は全身に雪をかぶったような、身の縮む寒さを感じて、相手が電話を切ったのさえ、しばらく気がつかなかった。

刑事は「女性は怖い」と笑っていたが、いったいどういう状況があって、自殺まで思いつめることになったのだろう——と、千恵子は東京へ着くまで、何度も何度も考えてしまった。

自分にかぎっていえば、これまでの人生の中で、そんなふうに「思いつめ」た経験はもちろんなかったし、これからもあるとは思えない。それとも、それはまだ自分の経験が浅いというだけで、いつかは死ぬの生きるのという大恋愛に遭遇するのだろうか。

千恵子の脳裏に、また浅見光彦の顔が浮かんだ。あの「坊っちゃま」とでは、どんなにこじれても、自殺するほどの恋にはなりそうにない。あのひととなら、暖かくて楽しくて陽気な恋愛が出来そうなのに——と、しきりに思いつめている自分を発見して、千恵子は人知れず苦笑した。

東京に戻ると、いの一番に浅見に電話して、「自殺事件」の続報を伝えた。

「そうですか、やっぱり無視されましたか。警察は分からず屋ですからね」

浅見は浮かない声で言った。自分の兄が警察庁刑事局長であるだけに、警察の悪口を言うときは複雑な心境にちがいない。

「いずれ調べてみますよ」

そう結論づけて、「体に気をつけて、頑張ってください」と、電話を切った。お世辞でもいいから、「いつかデートしませんか」ぐらいのことを言ってくれればいいのに——と、またしても千恵子は恨めしい気持ちで受話器を置くことになった。

第二章　還らざる河

1

津山市内を貫流する吉井川《よしい》は、中国山地の三国山《みくに》に源を発し、岡山市九蟠《くばん》で児島湾《こじま》に注ぐ岡山県内第二位の川である。津山市付近では川幅が二百メートルほどの大河の様相を見せるが、水はきれいで清流の観がある。

川は院庄《いんのしょう》付近から真東に進み、津山市街地を通過して、津山音楽大学の下を抜けたところから、ほぼU字型のカーブを描いて、南へ下って行く。

音大のある岬状の土地は「八出《やいで》」という地名で、菅原道真《すがわらのみちざね》が太宰府《だざいふ》に左遷された際、この地に八日間滞在したことから、「八日出」を略して「八出」と称したといわれる。

八出の岬のつけ根に向かって、北から宮川が合流するのと、極端な屈曲によって、この辺りの吉井川は複雑な流れを見せ、淀《よど》み、渦を巻き、深い淵《ふち》を成している。古来、この淵で溺《でき》死《し》した人は数えきれず、人々は「ごんご淵」と呼んで恐れた。「ごんご」とはいわゆるカッパのことである。

毎年八月第一土、日曜日に、供養《くよう》のために催される「ごんご祭」が、津山の名物イベントの一つになった。市内ばかりでなく、県内外からの観光客を集めて、十万人を超える人出で終日賑《にぎ》わう。

夏井康子の自殺から五日目の朝、この「ごんご淵」に戸川健介《けんすけ》の死体が浮かんだ。

音大下の崖地《がけち》に生えた灌木《かんぼく》が、先日の雪の重みで倒れ落ちて、水辺に枝先を垂れた、それに引っかかった恰好《かっこう》で、死体は浮かんでいた。発見者もまた音大の学生であった。音大の北館五階の窓から、眼下の吉井川を眺めていて、ごんご淵の漂着物を見つけた。

雪解け水を集めて吉井川の流れはきつく、遺体の収容には手間取った。津山警察署と消防のレスキュー隊の協力で、発見から約二時間後の昼近くになって、ようやく岸辺に引き上げた。

司法解剖の結果、死因は「溺死」であった。肺に大量の水を吸い込んでいた。上流部のどこかの橋から入水《じゅすい》したか転落したのか、あるいは……と、殺人事件の可能性ももちろん模索されたが、その疑いを抱かせるような背景も裏付けも見当たらなかった。

「後追い自殺――」と誰もが思った。処理に当たった津山署の捜査員にも、身元が判明してからは、そういう先入観が働いたことは事実だ。関係者に事情聴取した結果からいっても、たしかに、夏井康子が死んでからというもの、戸川の様子はただごとではなかったのである。あの日以来、戸川は大学を休んでいる。ちょうど受験期にかかる直前で、大学側としては職員が一人でも欠けることは大いに困るのだが、それを十分承知しているはずの戸川が連続して休暇を取ったことからして、異常といってよかった。

「理由を聞いても言わんのですよ」

警察の事情聴取に、大学の上司は困惑ぎみに答えている。戸川の家族もほぼ似たようなものだったが、ただ、関係者の多くは、戸川が夏井康子の自殺に疑問を抱いて、「ありゃあ自殺なんかじゃあねえ」としきりに言うのを聞いていたそうだ。しかし、恋人を死なせた男の愚痴――程度にしか取り合ってもらえなかった。それが戸川を頑《かたくな》にして、自分で調べるしかないと思ったのかもしれない。「いまにして思うと、健介はほんまにそう思い込んどったんじゃな。愚かなやつです」と、戸川の父親も語っている。

戸川家は津山城跡の東に連なる、旧出雲《いずも》街道沿いの旧家の一つで、健介はその次男坊であった。先祖には松平家に仕えた祐筆《ゆうひつ》職がいるという説もあるが、定かなことは分からない。

そういう血筋のせいか、父親は古武士のような剛直そうな男で、息子の戸川も思い込みのきつい性格だったそうだ。理由を話さなかったとはいえ、恋人の死を警察が自殺と断定したことに不満を感じていたとすれば、それなりの行動に出たとしても不思議はない——というのが父親の考えであった。

たしかに、恋人の自殺から自らも死亡するまでのあいだ、戸川は終日家を出て、あちこちと動き回っていたらしい。もちろん、夏井康子の家を訪ね、遺族から「自殺」前後の康子の様子を聞いているし、倉敷市玉島の康子が自殺した現場でも、戸川と思われる男の姿が目撃されている。玉島署に現れて、自殺の状況を詳しく問いただしてもいた。もう一度調べ直してくれと懇願もしたようだ。

結局、警察を動かすことは出来ず、その絶望感から、ついには思いつめて吉井川に身を投げたのではないか——というのが、この悲劇に対する結論であった。

それにしても、津山音大の移転先で自殺した娘と、音大下のごんご淵に死体が漂着した恋人と——偶然とはいえ、その怪談めいた二人の死に、津山市民は何か得体の知れぬ衝撃を受けたことではあった。中には、音大が倉敷に移転することに対して、不吉な兆候を報《し》らせる警鐘《けいしょう》だという、うがった見方をする説も現れた。

最初の「自殺事件」は無視した中央の新聞にも、この二つの事件をひっくるめた「心中事件」は掲載された。浅見光彦もそのニュースは読んでいる。

簡単な記事で、いまどき珍しい後追い心中事件——という、その部分だけを強調した、興味本位の内容だったが、浅見は新聞を見た瞬間に心が動いた。

さらに詳しい情報を——と思い始めたところに本沢《ほんざわ》千恵子から電話がかかって、いきなり「新聞、お読みになりました？」と訊《き》かれた。

「読みました。戸川氏も自殺しちゃったそうですね」

「ええ、びっくりしました。車に乗せてもらったり、一緒に食事をしたりした人なんです。もうショックで、悲しくって……どうしてそんな短気を起こしたのか……もっと強く生きて、恋人の死の真相を突き止めることが出来なかったのかしら」

「というと、本沢さんは後追い自殺説を認めているのですか？」

「えっ？　じゃあ、違うのですか？」

「第一の事件が自殺でないとしたら、当然、第二の事件だって自殺じゃないと思うべきでしょう。違いますか？」

「えっ、ええ、そう、そうですよね。じゃあやっぱり殺されたんですか？」

「僕はそう思います。あなたの直観の正しさを信用していますからね」

「ありがとうございます。でも、このまま放《ほう》っておいたら、やっぱり警察は、どっちの事件も自殺で処理してしまうことになるのでしょう？」

「そうかもしれません」

「そうかもしれないなんて、そんな呑気《のんき》なことおっしゃってないで、何とかして上げられないんですか？　浅見さんのお兄さんは警察の偉い方なのでしょう」

「いや、公私混同はしませんよ、兄は。それに、僕もしたくない」

「そんなの怠慢です。殺人事件だって分かっていながら、手をつかねて何もしないでいるなんて……」

「いや、殺人事件かどうかはまだ分かりませんよ。それに、何もしないわけではありません。僕はなるべく近い内に、現地へ向かうつもりです」

「えっ、ほんとですか？　意地悪……どうしてそれを先におっしゃってくださらないんですか」

「ははは、そんなこと言われても、言うひまがなかったでしょう」

「あら、そうだったかしら……」

「とにかく、自殺か他殺か、真相がどうであれ、ひととおりは調べてみるつもりです。その前に、出来れば本沢さんに会って、予備知識を仕入れておきたいのですが、お忙しいのでしょうね」

「大丈夫です。今夜はNHKホールですけど、午前中なら空《あ》いてます。そちらへ伺いましょうか？」

「いや、うちに来るのは危険ですよ。うるさいのがいますからね」

「うるさいって、お母様のことですか？」

「いや、それ以外にもいろいろうるさ型が多いのです」

キッチンにいる須美子に聞こえないように、浅見は送話口の回りを両手で包みながら言った。


十一時前には浅見は本沢家に到着した。

しばらくぶりだが、本沢家の佇《たたず》まいはちっとも変わっていなかった。ウィーンの入賞で、少しは派手になっているのではないかと思っていた浅見は、ほっと救われるような気がした。

父親の誠一は留守で、広い家に二人きりだったが、千恵子とだと、少しも気詰まりな状況にならない。それに、話題が話題だけに、いいムードにもなりようがなかった。

「津山って、遠いけど、とてもいいところでしたよ」

紅茶を入れながら、千恵子は懐かしそうに言った。「でも、雪には参ったなあ」と、頰《ほお》を歪《ゆが》めて、会話の表情がとても豊かで、可愛《かわい》い。それに、話す内容がとめどなくて、描写が細やかで、思わずその情景に引き込まれるほどに楽しいのである。

新幹線のホームから津山線のホームまで走ったことや、津山駅でプラカードを立てて出迎えられたこと、列車の中で出会って、千恵子を受験生に間違えた不愉快な紳士が、じつはその夜の会食のメンバーの一人で、たがいにびっくりしたこと、「お多福」という変わった名前の宿でキジ鍋《なべ》を食べたくだりなど、面白おかしく話した。

しかし、本題に入ると顔つきが一変した。あらためて、夏井康子の死は自殺なんかではないことを強調した。

「あれから、ともだちのフルーティストに聞いて回ったんですけど、音大の三原教授が言ってたように、みんながみんな、フルートを持つときは無意識のうちに、ちゃんと右手を遠く左手を近くに添えて持つって言っています。かりに、吹く気がなくてもそういうふうに持つし、それはほとんど本能的なものだっていうんです。ヴァイオリニストが左手にヴァイオリンを、右手に弓を持つのと同じでしょうね」

「なるほど……」と、浅見は憂鬱《ゆううつ》そうに頷《うなず》いた。

「いまさらこんなことを言っても愚痴でしかありませんが、考えてみると、その話を聞いた時点で、すぐに現地へ行くべきでしたね。そうすれば、もしかすると戸川さんを死なせることはなかったかもしれない」

「ああ、ほんと、そうですね……でも、それは仕方がないことですよ。私だって、疑惑が絶対のものだっていう確信があったわけではないのですし、よもや戸川さんまでがこんなことになるなんて、想像もつきませんでしたもの。浅見さんが責任を感じることはありませんわ。それに……」

千恵子は少し言い淀んで、

「あの、浅見さんが事件のことを調べに行くのはいいんですけど、考えてみると、それって、とても危険なことじゃないかって気がついたんです。戸川さんが、もし本当に殺されたのだとすると、やっぱり危険でしょう。だから……」

「といって、放ってはおけませんよ。もしこれが殺人事件で、警察が何も気づかないままで終われば、犯人はしてやったりと喜ぶでしょう。二人はただの犬死にだし、そんなことが許されていいはずがない」

浅見は目の前にその憎い犯人がいるかのように、怖い顔を作った。

「危険はつきものだけれど、それを恐れていては何も出来ませんよ。もっとも、僕は元来臆《おく》病《びょう》だから、危険には近寄らないように努めますけどね」

「ええ、ほんとにそうしてください」

それから浅見はまた、千恵子の現地での体験談を根掘り葉掘り聞いた。

千恵子が夏井康子の死を他殺と疑ったのは、単にフルートの持ち方だけがその根拠となっているのだとは思えない。戸川との会話を通じて、彼の人となりを知り、その恋人の性格や生活や、到底自殺などするはずがない——という結論に結びつくような何かを、無意識にキャッチしていたのだと思うのだ。だから、千恵子が津山で出会ったあらゆる出来事の記憶を、何もかも、彼女自身と同じ程度にわが物にすることが、浅見の望みであった。

「夏井康子さんが、なぜ音大の移転先で死んでいたのかが謎《なぞ》ですね」

浅見は最後に言った。

「自殺にしろ他殺にしろ、なぜその場所が選ばれたのか……そのことがたぶん、この事件の謎を解くキーワードになるような気がします」

「警察はそのこと、どう考えているのかしら？」

「現地へ行ったら、まず警察にその疑問をぶつけてみましょう」

そうは言ったものの、警察がその疑問に答えてくれるような期待感は、浅見はほとんど抱いていなかった。

2

新幹線の新倉敷駅に降りると、浅見はまず事件現場を訪れた。タクシー運転手は事件のことに詳しく、報道関係の人間を二度、現場に運んだそうだ。

細い道だが舗装はされていて、車はなんとか走れる。しかしまったくの脇道《わきみち》だとかで、車はおろか人っ子一人行き合わなかった。

事件当日の雪はすでに跡形もなく消え、もはや事件の名残《なごり》もない。雑木林の小山は薄汚れたような色をしていた。

「自殺したのは、若くてべっぴんさんやったそうですよ。もったいないことをしたもんやねえ」

「この辺りは、雪が積もり始めたのは、何時頃からだったのですか?」

「そうじゃねえ、降りだしたんは六時頃からやったが、はじめのうちはすぐに融《と》けてしまうので、ほんまに積もりだしたとなると八時か九時頃と違うかなあ」

「だとすると、十時頃まではノーマルタイヤの車も走れたんでしょうね」

「ああ、それは大丈夫やったですよ。私も十二時に上がるまで、ノーマルのまんま走っとったですのでね。もっとも、この辺はもうちょっと早く積もったかもしれませんがね」

現場の前をゆっくり行って戻って、引き上げることにした。

玉島警察署は新倉敷駅からタクシーで二、三分の距離であった。ほんの小さな集落のような町を出はずれると、あとは、ほとんど畑と荒れ地ばかりのようなところを通る。人家も疎《まば》らで、とても新幹線の駅がありそうな場所ではなかった。

倉敷市街から高梁《たかはし》川を渡ってくる国道2号のバイパス工事も橋脚だけができていて、そのままに放置されていた。

「まったく、十年もほっぽりっぱなしでなあ、政治は何を考えとるんか、分かったもんじゃないですわ。とりあえず予算をつけて、金だけ使《つこ》うてしまおういう魂胆なんじゃろうなあ」

タクシーの運転手が吐き棄《す》てるように言っていた。そういう話は日本中の到る所で耳にする。妙なところに駅を作ったり、役にも立たない港湾施設を作ってみたり、寄ってたかって国家予算の分捕り合戦を演じた結果が、それである。

「とにかく、でかい事業がありゃあ、政治家は金になるんじゃけえなあ」

「音楽大学が移転してくるそうだけど、それも似たようなものかな」

浅見は水を向けてみた。

「ああ、もちろんじゃがな。全部で何百億いう金が動くんじゃろう。その一割で何十億ですで。五パーセントでも大した金額じゃがな。政治家が放っておくわけがねえ」

明快な結論が出たところで玉島警察署の前に着いた。とたんに運転手は行儀よくなって、「はい、お待たせしました、こちらでよろしいでしょうか」とお辞儀をした。

西山刑事は突然の遠来の客に面食らいながら、それでも応接室に案内してくれた。

「フリーのルポライターさんが、自分にどんなご用ですか」

浅見の肩書のない名刺を引っ繰り返して、怪訝《けげん》そうに言った。

「先日津山でお会いした本沢千恵子さんの知り合いです」

そう言うと、とたんに、「ああ、あのヴァイオリンの先生の……」と、素っ頓狂《とんきよう》な声を発した。

「あの先生はほんまに有名な人じゃそうですなあ。あとで女房に聞いて、それを知っとったらサインをもらうんじゃった思うて。若いし、美人じゃし、とてもそねえに見えんかったもんなあ」

しきりに残念がって、「それで？」と用件を訊いた。少し警戒して、身構えるような姿勢になっている。

「本沢さんが見せてもらった夏井康子さんの写真の件ですが」

「ああ、あれですか。あの件じゃったら、もう終わっとりますよ。後で恋人が後追い自殺したりして、ちょっと寝覚めの悪いいうか、気の毒なことになりましたけどなあ」

「その写真ですが、もう一度見せてもらえませんか」

浅見が言うと、「ええですよ」と気軽に持ってきた。たしかに千恵子が言ったとおり、フルートを持つ手が逆だった。

「本沢さんのおっしゃることは分かりますがね」と、西山は浅見に指摘される前に先回りして言った。

「しかし、べつにフルートを吹くいう気持ちがなけりゃあ、たまたまそねえな持ち方をすることもあるんじゃあないかと。いずれにしても、このことだけで、自殺でないいうふうには言えんわけでして」

「彼女が現場へ向かうのを目撃した人がいたそうですね」

「そうです、何人もおりました。近くに職業訓練学校があって、ちょうど下校時刻に当たったんで、そこから帰る人たちが何人も見とったんです。もちろん夏井さんは一人で、前後に誰もおらんかったことは間違いありません」

「夏井さんの顔を見たのですか？」

「いや、顔ははっきり見とりません。この写真では上を向いとりますが、フードつきのコートを着とって、俯《うつむ》きながら歩きよったけえ、顔はフードに隠れて見えなんだようです。しかし、これだけ特徴のある紺色ばっかしの服装じゃし、手にフルートのケースを持っとったことも、全員が記憶しとりますけえ、間違いありませんな」

「もし」と浅見は言った。

「まったく別の女性が、これと同じ服装で歩いて行ったとしても、後でそこに夏井さんの死体があれば、目撃者は誰もが、その女性を夏井さんだったと思うでしょうね」

「は？……」

西山はキョトンとした目をして、「どういう意味です？」と言った。

「何者かが夏井さんを殺害したと仮定して、なるべく大勢の目撃者が通る下校時刻に、夏井さんのそっくりさんを現場に向かわせておけば、あたかも一人で歩いて行ったかのように見せかけることが出来るのではないかということです」

「ははは、そりゃだめです、あきません。死亡推定時刻は、彼女が目撃されてから、およそ一時間から二時間後ですけえなあ」

「ですから、その時刻に合わせて夏井さんを殺害すればいいのです」

「えっ？　ということは、その時はまだ夏井さんは生きとったと？……」

「もちろんそういうことです。現に夏井さんは生きていたのですから。つまり、午後五時頃に現場でそっくりさんの姿を目撃させておいて、それから一、二時間後、夏井さんを殺害し、現場に死体を遺棄するという方法です。これならば殺害の場所はどこでもいいし、死体を遺棄する時刻も、犯人の都合のいい時刻を選ぶことが出来るでしょう」

「というと、犯人は夜間に死体を運んだいうことですか？」

「ええ、さっき現場付近を通ってみただけですから何とも言えませんが、そこは近くまで車が入るのではありませんか？」

「ああ、そりゃまあ、近くまでは行きますけどなあ……しかし、せえじゃったら、死体を遺棄した場所周辺に、足跡じゃとか、証拠が残る可能性があるじゃあないですか。完全犯罪を狙《ねら》うような犯人が、それに気づかんわけがないでしょう」

「その夜、雪が降りましたね。かりに足跡がついたとしても、すべて雪で消されたでしょうね」

「そりゃそうですけど、もし雪が降らんかったらどうなります？　そねえな天気を当てにするような頼りないことじゃあなあ」

「いや、あの日の天気予報は赤ん坊だって当たりますよ。気圧配置といい、寒気の状態といい、百パーセントの確率で間違いなく雪は降ったのです。そのことがじつは、犯人に犯行を決意させた一つの要因ではなかったかと思うくらいです」

「ふーん……」

西山は腕組みをして考え込んだが、「いやいや」と首を振った。

「そねえな考え方もあるかもしれませんけどなあ、そりゃあやっぱし仮定の話で、証拠も何もありゃあしませんよ。それに、遺書もあったことじゃしなあ」

「どんな遺書ですか？」

「いや、それは個人のプライバシーに関《かか》わりますけえ、教えるわけにゃあいきません」

「それじゃ、一つだけ教えてください。その遺書には『死ぬ』あるいは『自殺する』という文句が書いてありましたか？」

「……」

「なかったのでしょう？　これはあくまでも推測ですが、たぶん遺書には、『申し訳ありません』とか『お詫《わ》びします』とかいった、抽象的な文面しかなかったのではないかと思います。だとしたら、それは偽装ですよ」

浅見の推測は図星だったようだ。西山は反論の言葉を失って、困惑したように視線を彷徨《さまよ》わせた。

「ちょっと待ってくださいよ」

ちょっとがずいぶん長くなった。十五、六分は経過して、西山刑事は制服の警部補を連れてきた。警部補は「捜査係長の松谷《まつたに》です」と自己紹介して、「夏井康子さんの自殺に疑問を持っとられるそうですが、あれはすでに処理済でしてねえ。何かとくに新しい事実でも出たんならべつですが」と言った。

「いえ、もちろん僕は素人で、しかもついさっき東京から来たばかりですから、とくに根拠があるわけではありません。たしかにおっしゃるとおり、自殺と見ることも出来るのでしょうけれど、しかし、他殺の可能性も十分にありうるのではないでしょうか」

「そりゃあまあ、可能性ということなら、大抵の死亡事件は他殺の可能性はありますけどなあ。たとえば山の遭難じゃとか、海で溺《おぼ》れたとかいうんでも、他殺の可能性は考えられんことはありませんよ。じゃけど、今回のケースは他殺とすべき要因はまったく発見されんわけでしてなあ」

「といいますと、一応、他殺の線でも捜査はされたのですか？」

「そりゃあまあ、一応か二応か知らんけど、警察はそれなりのことはやっとりますよ」

松谷警部補はムッとした口調になった。

「はあ、たとえば、どの程度のことでしょうか？」

「そねえなこと、おたくさんに言わにゃならん義務はないでしょう」

「たとえば、夏井さんは毒物を服用したとのことですが、毒物の種類とか、入手先は明らかになっているのですか？」

「当然です。そりゃあまあ、すでに発表しとることじゃけど、毒物は青酸性化合物で、親戚《しんせき》にメッキ工場がありますけえ、そこから入手したものと考えられますな」

「遺書があったそうですが、そこには自殺するとか、死ぬとかいう文面はなかったのではありませんか？」

「遺書の内容については教えられません」

「それは分かりますが、そういう文面があったかどうかぐらい、参考のために教えていただければ……」

「いや、それはお断りします。捜査上知りえたことについては、第三者には洩《も》らすわけにいかんですしね。ま、こんなところですな。どうぞお引き取りください」

「ちょっと待ってください」

浅見は急いで松谷を制した。

「夏井さんの恋人が津山で自殺した事件もご存じでしょうね？」

「ああ、もちろん知っとりますよ。お気の毒なことじゃと思うとります」

「じゃあ、その事件も他殺の線は考えられないとおっしゃるのですか？」

「でしょうなあ。というても、それは津山署で判断しとることですけどね……はははあ、すると浅見さん、あんたはそっちの事件も殺しじゃあないかと疑《うたご》うとるわけですか」

「ええ、もちろんそう考えています。現に、死んだ戸川さんは、夏井さんの事件を他殺ではないかと疑って、調べ回っていたそうじゃありませんか」

「なるほど。それで犯人に警戒されて殺されたいうんですか。そりゃ、話としちゃあ面白いかもしれんけど、現実はそねえな推理小説みたいなもんと違いますよ」

鼻先で笑うような言い方をして、「仕事がありますので」と、出口の方向を示した。

西山は多少は気の毒に思うのか、玄関まで送って出た。「ま、そういうことなので」と口の中で呟《つぶや》くように、慰めの言葉を言っている。

別れ際に浅見は「今度、本沢千恵子さんのサインをもらって、お送りしましょうか」と言った。

「えっ、ほんまですか。そう願えたら、女房にでかい顔が出来ますなあ」

手放しで喜んで、こっそり、「また何か知りたいことがあったら、電話してみてください」と言った。

3

津山音楽大学でも、ルポライターは「招かれざる客」であった。

大学の事務局は警察の事情聴取よりも、マスコミへの対応に疲れきっていた。夏井康子と戸川健介の連続自殺は「後追い心中」事件といったかたちで取材され、ことに戸川の死については近頃めずらしい純愛物語——という描き方をするところもあった。

夏井康子の自殺については、その原因がはっきりしないが、まあ、若い女性の揺れ動く心理状態が、ふとしたはずみで、大したこともない恋人との仲違《なかたが》いを理由に、暴発的に死に向かわせたのではないか——と、したり顔に論じる社会心理学の先生もいたりして、それなりに納得されていた。

そういった取材攻勢が一段落ついたところに、またぞろ、それもわざわざ東京からルポライターがやって来たというので、大学事務局の職員があからさまにいやな顔をするのも無理がなかった。

浅見がわずかに許されたのは、本沢千恵子の「友人」であるという、その一点だけである。それも、紹介状を持参したわけでもないので、かなり疑わしい面もあっただろうけど、それなりの対応はしてくれた。

「夏井康子さんという人は、卒業生の中でも優秀な方だったそうですね」

浅見は応接室でメモを取らずに、故人の冥福《めいふく》を祈るような口調で言った。夏井康子が優秀だったかどうか、予備知識があったわけではないが、そういう訊き方をしていれば、大抵は間違いないとしたものである。

「はあそうでした。昨年度の卒業生の中では出色《しゅっしょく》の存在で、とくに管楽器部門では首席でしたね」

応対に出たのは、蝦名《えびな》という浅見とほぼ同年代の男で、死んだ戸川とは親しい仲だったそうだ。細長い顔に大きなメガネをかけているので、トンボのような愛嬌《あいきょう》のある顔になっている。

「ご自分でフルート教室を始められたそうですが、それほど優秀な人でも、演奏家への道はきびしいものなのでしょうか？」

「おっしゃるとおりです。音大を出た程度では、いきなりプロの演奏家として世に出ることは難しいでしょう。やはり何かのコンクールで入賞するとか、オーケストラのメンバーの空《あ》きを待つとかする以外、なかなか自立するまでにはいかないものです。夏井さんの場合は、大学院に残って勉強をつづけるか、中学校の音楽教員になるか、だいぶ迷ったようですが、結局、フルート教室を開きながら、自分も腕を磨いて、コンクールに挑戦する道を選んだようです」

「ずいぶんこの大学を愛しておられたのでしょうねえ」

「はあ、それはまあ……しかし、どうしてですか？」

「いえ、ほら、倉敷の音大移転予定地を自殺の場所に選ばれたでしょう。それくらいだから、さぞ大学を愛しておられたにちがいないと思いましてね」

「ああ、そのことですか……」

蝦名は顔をしかめて、

「しかし、正直言って、あれは大学にとっては迷惑な話でして、世間一般には、むしろいやがらせのように受け取られているのではないでしょうか」

「夏井さんがいやがらせのようなことをする、何か理由があったのですか？」

「とんでもない。彼女は音大が大好きで、大学院に残ろうとしたくらいですよ。そのことは戸川君も言ってましたしね。倉敷移転についても、戸川君はどちらかといえば反対していましたが、夏井さんのほうは岡山から近くなるし、大学の躍進につながるといって喜んでいました。その想《おも》いがあったので、あそこで亡くなられたのだとは思いますが」

「なるほど、そんなものですかねえ。ちょっと考えれば、大学のイメージを悪くする結果になるぐらい、分かりそうなものですが」

「そうですよねえ」

蝦名は憮然《ぶぜん》として、首をひねった。

「大学移転について賛成反対があるということですが、やはり利害関係によって反対する人も多いのでしょうね」

「そりゃそうです。現実に、津山の人たちは大変なショックでしょう。大学付近のアパートの大家さんたちにとっては死活問題だし、商店だとか、ホテル、旅館など、影響は甚大であることも事実です。市当局の試算では、年間百億円にのぼるマイナスの波及効果があるだろうといわれています」

「百億……」

浅見は驚いて、目をみはった。

「しかし、そういう現実を承知の上で、あえて移転を決意しなければならなかった大学側の事情というものもあるわけでして、理事長・学長は苦悩の上の選択をされたと思いますよ。このまま手をつかねていたのでは、おそらく十年後には大学そのものの存立が危ぶまれる事態に陥ったことでしょうね。そうでもなければ、思い出深い建学の地であり、環境抜群のこの津山を離れるはずがありません。それと、これを言えば愚痴になるかもしれませんが、じつは、理事長は十年近く前からこうなる可能性というか、危機意識を洩らしておられたのです。しかし、市当局も市の有力者も、誰一人として真剣に聞こうとしなかった。よもや大学が出て行くことはあるまいと、悪く言えば高をくくっていたのでしょう。さらに歴史的なことをいえば、かつて創立者が学校経営で窮地《きゅうち》に陥った際、ときの市長に救済を求めたところが、頼みもしないのに学校を作って、苦しいから助けてくれと言われても困る——と、けんもほろろだったという事実があるのです。そういう経験から、私学の生きる道は私学自身で模索しなければならないと考えざるをえなかったのではないでしょうか」

蝦名職員は大学のスポークスマンとして、きわめて優秀といっていいだろう。話の内容が理路整然として説得力がある。そして最後に、「その点はぜひ強調しておいてください」と付け加える抜け目なさであった。

「おっしゃることはよく分かります」

浅見は本音で頷いてから、言った。

「ただ、そういう純粋な理由や発想に基づくものであっても、大学の移転という大事業を行う以上、膨大な資金が動くことになるわけで、その資金のおこぼれにあずかろうとする連中がいるのではないか——という、いくぶん下司《げす》の勘繰りのような見方も、外野席では囁《ささや》かれているようですが」

「それについては何とも申し上げようがありません。あるともないとも……いずれにしても、大学とは関係のないところでの話ですが、もし、そのような動きがあるとすれば、われわれとしては、まことに遺憾なことと言うほかはありません」

まるで政府委員の答弁を聞いているような模範回答であった。

しかし、そのきわめて公式的な言葉の端々にも、滲《にじ》み出るような肯定のニュアンスがあるのを、浅見は感じ取っている。少なくとも蝦名は「汚職」の存在を完全否定してはいないのだ。そのことは、もしかすると、実際に蝦名は、何かそれらしい具体的な動きをキャッチしているのでは？——と思わせるものがあった。

とはいえ、それ以上に質問を推し進めることは出来ない。浅見は一介のルポライターなのであって、警察官でもなければ、まして検事でもない。密室のような取調室に閉じ込めて、罵倒《ばとう》したり、気に入らなければ暴力を揮《ふる》ったり出来るわけではないのだ。

そのあと、浅見はフルート科の三原主任教授に会った。渋い茶のズボンに同系色のツイードの上着をラフな感じに着こなした、なかなかダンディな紳士だ。五十は出ているのだろうか。まだ銀髪とまではいかない少し長めの髪が額に垂れるのを払いのける癖がある。

三原は優秀な教え子だった夏井康子の死に、ショックを隠せない様子だった。浅見が本沢千恵子から聞いた話として、例のフルートの持ち方の疑惑について三原の考えを聞くと、声をひそめながら、「私の立場としては、こんなことを申し上げるのはいかがかと思いますが」と前置きして言った。

「先日、本沢千恵子さんが、ひょっとすると夏井君は殺されたのではないかというふうに言われましてね、それ以来、日毎《ひごと》にその疑いがつのるばかりなのです。夏井君はしんのしっかりした子で、どちらかというと陽気な性格の持ち主でした。恋人との関係がもつれたぐらいで死ぬようなことはないと思いますよ。フルートの持ち方の疑問も出てきたことだし、どうも怪しいですなあ。ただ、素人の考えから言うと、もし他殺だとすれば、いくら巧妙に仕組んだとしても、警察の捜査でどこかしら疑わしいところが発見されるような気がするのですが、しかし、警察はまったくそれらしい動きを見せないですなあ」

「いえ、警察の捜査は必ずしもつねに万全であるとはかぎりません。今回の場合は、おそらく最初に遺書が出てきたために、いち早く自殺という見方をしてしまったのではないでしょうか。そういう予見に基づいて捜査を始めると、実況検分などもおざなりになりがちですからね」

「なるほど、そういうものですか。もうちょっと緻密《ちみつ》なものかと思っておりましたが」

三原教授は不満そうに、しきりに首をひねっている。刑事局長の弟としては、自分が責められているようで、複雑な心境にならざるをえなかった。

大学の建物を出ると、庭先はそのまま、まるで古城のテラスのような展望台であった。吉井川を真下に見下ろし、川を挟んで展開する津山の街がパノラマのように一望できる。正面には津山城跡がほぼ目の高さと同じに聳《そび》え、遠景には中国山地の峰々が残雪を被《かぶ》って連なっている。

この風景といい、清浄な空気といい、しみわたるような静寂といい、まさに蝦名が言ったとおり、教育の場としては抜群の環境といえるだろう。

交通の便利さという点では、倉敷のあの場所に比肩《ひけん》しようがないけれど、教育の本質そのものを見つめるのであれば、津山のこの地のほうがはるかに優れていると思う。それでは学校経営が成り立たないというのが事実だとするなら、何かが間違っているのだ。教育行政のありようが問題なのか、学生の資質が問題なのか、教育に対する考え方・哲学そのものが問題なのか……。

浅見は頭をひと振りして、答えの出せない難問を払い捨てると、長い石段を下りる道を歩きだした。

キャンパスの岡《おか》を下りきると、吉井川沿いに津山駅へ向かう一直線の道である。駅の少し手前で右に折れ、長い橋を渡ると津山市街の中心部に入る。

角のうどん屋でうどんを食べて、旅館「お多福」の場所を聞いた。

「お多福」はいまどきこんな旅館がちゃんと営業しているのか――と、ちょっとしたカルチャーショックを受けるほど、古色蒼然《そうぜん》とした建物であった。きっと、出雲街道を参勤《さんきん》交代の行列が行き来する当時、この地で創業したにちがいない。

ここでも浅見は、本沢千恵子の知り合いという触れ込みで、疑われることなく受け入れてもらえた。肩書のない名刺を出して「ルポライターをやっています」と言った時は、冷淡な顔をしていた若主人が「そうですか、本沢さんの……」と、尊敬のまなざしで奥の座敷に招じ入れた。さすが音大のある街だけのことはある。

若主人は「事件」当夜の戸川の様子を詳しく話してくれた。

「戸川さんは相当なショックじゃったことは事実です。男泣きに泣いとりましたしなあ。じゃけど、その後で、これは何かの間違いじゃ——とはっきり言うとりました。彼女が自殺することなど、絶対にありえない。何者かに殺されたにちがいないと断言しました。正直なところ、私には何とも言えんかったですけど、その後ずっと、彼は他殺じゃいうことに確信を持って調べとった様子です。大学のほうは休んどったようですが、私には義理を感じとったんか、毎日一度は、必ず電話してきてくれて、いまどこどこにおるいうようなことを話しとりました」

「ほう、居場所を教えていたのですか」

「ええ、いま岡山の夏井家に行ってきたとか、倉敷におるとか」

「それで、調べのほうがうまくいっている様子はあったのでしょうか？」

「それはよう分かりませんなあ。ただ、亡くなる前の日に、ちょっと気になることを言うとりましたけど」

「気になること、ですか」

「ええ、『康子がなんであの場所へ行ったんか、どうしても分からん』言うとりました」

「あの場所とは、玉島の移転予定地のことでしょうか」

「そうじゃと思います」

「戸川さんがそう言ったということは、夏井さんは玉島の移転先を知らなかったはずだという意味なのでしょうね」

「そんな感じでした」

「しかし、それだとちょっと変ですね」

「は？……」

「戸川さんは夏井康子さんが殺されたものと信じていたのでしょう。だとしたら、その現場には夏井さんは自分の意志で行ったのではなく、死体となって運ばれたと考えるべきではありませんか？　戸川さんが、なぜ彼女がそこへ行ったのか——という疑問を抱くはずはないと思いますが」

「はあ、なるほど、そういうもんでしょうかなあ……」

若主人は感心しながら、反論を思いついて言った。

「じゃけど、康子さんは自分の意志でその場所へ行って、そこで殺された可能性もあるんじゃないですかなあ」

「午後七時に、ですか？　それも雪が降り始めたというのにですか？　その状況で真っ暗な山みたいなところへノコノコと出かけるのは、よほどの物好きか、不倫相手に会う目的があるか、それとも、それこそ自殺願望に駆られた人ぐらいなものですよ」

「強引に拉致《らち》されたいうことはありませんかね」

「いや、それはないと思います。もしそういうことがあれば、抵抗した形跡が衣服や体のどこかに残っていて、警察に疑惑を抱かれますからね。それと、何よりも重要なのは、それが完全犯罪をもくろんだ殺人事件だとすれば、死亡時刻には犯人は現場からはるか離れたところでアリバイを確保していなければならないのです。死亡時刻が、紺色のコートを着た夏井康子さんらしき女性が山へ向かってから、一、二時間後であったことは、その女性のアリバイを確保する必要があったからにほかなりません」

「あっ、なるほど……とすると、その女性が犯人ですか？」

「少なくとも共犯者でしょう。たぶん、主犯格の人物がほかにいるとは思いますが」

「うーん、なるほど、なるほど……」

若主人はしきりに「なるほど」を連発して感じ入っている。

「ははは、そんなに納得されると困ります。これはあくまでも、夏井さんの死が自殺ではないという仮定に基づく推測にすぎませんからね」

「いや、たとえ仮定じゃっても、これはどえらい推理ですよ。いまの話を聞いたら、警察はどねえ言いますかなあ。いやあ感心しました。浅見さんはルポライターなんかやっとられるより、私立探偵になったほうがええんじゃないですか」

「とんでもない。ルポライターでも食えないのに、探偵なんかはじめたら、たちまち餓死しちゃいますよ」

浅見は若主人に、また何か思い出すようなことがあったら、名刺の住所に知らせてくれるように頼み、ついでに戸川の自宅の場所を聞いて、「お多福」を辞去した。去り際に「さっきの話はオフレコにしてください」と頼んだが、若主人が秘密を守ってくれるかどうか、心もとない気がした。

4

津山三十三町といわれるように、津山の町は出雲街道沿いに細長く連なる。後醍醐《ごだいご》天皇が都落ちし、出雲の阿国《おくに》が都に上ったのもこの道である。津山は京都と山陰を結ぶ主街道の中心であると同時に、因幡《いなば》・備前《びぜん》への分岐点でもあった。

城と武家屋敷を中心にした古い城下町の形態を偲《しの》ばせる街には、鉄砲町《てっぽうまち》、細工町《さいくのちょう》、新紺《こう》屋町《やまち》、鍛冶町《かじまち》、美濃町《みのまち》といった、諸国から技術を持ち込んで住み着いた人々の町の名が残り、吹屋町《ふきやまち》、船頭町《せんどうまち》、材木町《ざいもくまち》など、職能別の町の名もそのままある。

城の東側には旧出雲街道沿いに、勝間田町《かつまだまち》、中之町《なかのちょう》、西新町《にししんまち》、東新町《ひがししんまち》——とかつての宿場町がつづく。戸川健介の家は、その町並みの一角にあった。

冬の日の午後、人通りも疎らな旧道の街はただでさえ侘《わび》しいのに、戸川の家は格子戸の向こうに悲しみがつまっているように、ひっそりとして、訪《おとな》うのをためらいたくなる気配であった。

戸川の父親は、こわばった表情がそのまま固まってしまったような顔をして、遠来の客を迎えた。玄関先で浅見が「このたびはどうも……」と、型通りの悔やみを言いかけると、右掌を突き出して、「その話はもう、せんといてくれませんか」と言った。

「うちの愚かもんのことは、もはや聞きとうないのです」

「なぜでしょうか？」

浅見は不思議そうに父親の顔を見つめて、静かな口調で言った。

「健介さんのことを、なぜ愚かとお考えなのですか？」

「そうでしょうが。たかが女が死によったことぐらいで、男がうろたえて、後追い自殺なんぞすることはないんじゃ。それをまた、あんたらマスコミが追いかけ、食い物にしてから、恥晒《はじさら》しもええとこじゃ」

「失礼ですが」と、浅見は胸を張り、毅然《きぜん》として言った。

「あなたは、息子さんが後追い自殺をするような人間だとお考えなのですか？」

「とんでもない、そんなやつに育てた覚えはこれっぽっちもありませんがな」

「だったら、なぜ健介さんの死は自殺ではないと信じて上げないのですか」

「信じるも信じないもあんた……ん？　それはどういう……」

父親は混乱して、不安そうに浅見の顔を窺《うかが》った。

「僕は健介さんは何者かに殺されたと思っています。いま、お父さんの口から、健介さんを自殺するような人間に育てた覚えはないという言葉をうかがって、ますます意を強くしたところです。それなのに、肝心なあなたが息子さんを信じて上げないのでは、いったい誰が息子さんの名誉を守って上げることが出来ましょうか」

「………」

父親は目の玉が飛び出るほど大きく見開いて、浅見の顔を見つめた。なかば開いた唇の端が、小刻みに震えている。

ずいぶん長い沈黙があって、父親はようやく「そうじゃ……」と呟いた。

「あんたのおっしゃるとおりじゃ。本心を言やあ、わしは健介を信じたい、いや信じとるんです。じゃけど、警察が、世間がみな、健介は自殺しおったと……」

堪えていた無念の想いがこみ上げてきたのだろう。父親の目からは涙が滲み出した。浅見も思わずもらい泣きをした。そのことが父親をいっそう感動させたらしい。「失礼しました、とにかく上がってください」と奥の座敷に通してくれた。

父親の口からは戸川健介の人となりが語られた。親の贔屓目《ひいきめ》ということはあるにしても、健介はいまどきの青年にしては、正義感と責任感の強い男だったようだ。

津山では三年に一度の割で「国際音楽祭」が開催され、津山音大がその中心的役割を担うのだが、それへの参加はもちろん、夏の「ごんご祭」をはじめ、春の「さくらまつり」、秋の「津山まつり」、冬の「荒神宮大祭」など、市の催しには積極的に参加し、ボランティア活動にも協力していた。

夏井康子が死んだあと、健介は当初から家の者に、「あれはおかしい」と洩らしていたそうだ。警察もほかの者たちも相手にしてくれないので、しだいに無口になって、自分の殻《から》の中に閉じこもっていったが、康子の自殺に疑惑を抱きつづけていたことだけは間違いなかった。

「いつまでも女々《めめ》しい泣き言を言うなと叱《しか》ったんですけど、こねえなことになるなら、あのとき、もうちょっと親身になって聞いてやりゃあよかったんです」

父親は言っても詮《せん》ない愚痴をこぼし、涙を拭《ぬぐ》った。

夏井康子については、父親はもちろん、家族の者たちもあまり知らないということだ。津山というのは、昔から武張《ぶば》った土地柄だったし、ことに戸川家は軟弱な思想を嫌う家風だったこともあるらしく、健介が恋人を家に連れて来るような状況にはなりにくかったのだろう。

ただ、ひと月ばかり前の休みの日に、城跡である鶴山《かくざん》公園に上って行く二人連れを、たまたま兄夫婦が目撃したことがあった。そのときの二人は嬉々《きき》として、とてものこと、自殺だとか後追い心中だとかを想像できるムードではなかったという。

結局、戸川家では、とくに戸川健介の「自殺」を覆《くつがえ》すような証拠は見つけ出すことが出来なかった。

浅見はそこから歩いて数分のところにある城跡に行ってみた。森家十八万六千石の城は想像していたよりはるかに壮大なものであったようだ。本丸も二の丸も跡形もないが、幾重にも構築された石垣や大手の広大な石段を見ただけでも、並の城でないことは分かる。この地で生まれ、朝な夕な石垣を仰ぎ見ながら育った津山人は、おそらく、おしなべてプライドの高い性質を培《つちか》われてきたのではないだろうか。

県北の雄である津山としては、県南の商人町である倉敷ごときに、あたら音楽大学をかっさらわれることに対して、いたくプライドを傷つけられたにちがいない――。

城跡の石垣の上に佇むと、そんな想いが湧《わ》いてくる。

閉園時間が迫っている中で、浅見は石垣の最高地点まで登った。ここは対岸の音大校舎の屋上とほぼ同じレベルの高さであった。吉井川の流域や出雲街道のはるか野末までが見渡せて、名城の天守を実感できる。

見下ろせば城跡の到《いた》るところに桜の樹《き》が植えられてある。まだ芽吹きには遠いが、満開の時はさぞかし壮観だろう。その桜も見ずに散った二人の冥福を祈って、浅見は頭《こうべ》を垂れた。

ふと見ると、二の丸の石垣の端近くに女性が佇み、いま、浅見がしたのと同じように、小さく頭を垂れている。ただ下を見たのではなく、明らかに祈りのポーズであるのは、彼女がそっと手を合わせていることで分かった。何に祈るのか——ことによると、浅見と同様、戸川健介にゆかりのある人物ではないだろうか。そういえば、偶然かもしれないが、合わせた手の方角には、音大下の「ごんご淵」がある。

何に祈ったのですか?——と訊いてみたい衝動にかられたが、ここからだと女性の顔も識別できないほどの距離だ。

ほかに人影はなく、城跡のてっぺんのこんなところに不躾《ぶしつけ》な男がいることには、彼女は気がついていないらしい。心行くまで祈りを捧《ささ》げて、女性は歩きだした。その身のこなしを見てはじめて、女性が十分すぎるほど若いことを知って、浅見は何となく罪の意識を感じて、すっと身を隠した。

その夜は本沢千恵子が泊まったのと同じ国際ホテルに泊まった。ありがたいことに、ルームチャージはおそろしく安く、シングルだと東京のビジネスホテルなみであった。スポンサーのないけちけち旅行の秘訣《ひけつ》は、宿と食い物を極端にけちることだ。

それでも多少の投資はホテルへの礼儀である。その夜の食事はホテルのレストランでカレーライスを奮発することにした。何杯でもお代わりの出来るコーヒーも頼んだ。

隅っこのほうのテーブルに座って、店の客たちの品定めをするように、ぼんやりと過ごすひとときは、とても心が休まる。新婚らしいのや、わけありらしいのやら、カップルのタイプもさまざまで、彼らのちょっとした仕種《しぐさ》から、それぞれのストーリーを読み取ったり想像したりすれば、カレーライスも豪華フランス料理のフルコースほどに楽しめる。

次々と目移りをさせて、窓際の独りきりの女性を見て、浅見は視線を停《と》めた。

（あの女性かな？――）

城跡で祈っていた女性のような気がした。ロマンチックな願望を込めてそう思うせいかもしれない。何しろ、あの時は遠くて顔の輪郭さえも定かでなかったのだ。

女性は向こう向きに座っているけれど、大きなガラス窓の外の暗い街を眺めているから、鏡に映ったようにプロフィールがよく見える。直接見るわけではないので、いくぶん罪悪感が和らげられるのをいいことに、浅見は無遠慮な視線を注ぎつづけた。

年齢は二十代後半か、ひょっとするともっと若いのかもしれない。年齢にかぎらず、女性のことだけは、浅見にはよく分からない。分かろうとしないのか、それとも分かりたくないのか、とにかく最初から、女性は謎だと思うことにしている。

「笹倉《ささくら》様、笹倉様……」

フロント係がやって来て、呼び出しの声を店内に投げた。あの女性がついと反応して立ち上がった。フロント係はそれと見て、右手を耳に当てる恰好をして「お電話でございます」と告げた。

(笹倉というのか――)

浅見は漠然と思った。最近、どこかで聞いたような気がしたが、さして気にもとめなかった。

女性がフロント脇の館内電話で喋《しやべ》っているのが、浅見の席から見えた。ごく短い会話だった。女性はすぐにテーブルに戻って来ると、椅子《いす》の上からバッグを取ってレジに向かった。オレンジに近い黄色のスーツを着ている。上着のボタンはパール色であった。コートを手にしていないところを見ると、このホテルの宿泊客らしい。そこまで観察した時、女性はエレベーターホールへ消えた。ちょっと損したような気分であった。

翌朝、浅見は少し寝坊して、十時頃にチェックアウトした。津山駅までブラブラ歩いて、急行に乗って岡山へ出た。

夏井康子の実家は岡山市奉還《ほうかん》町にある。岡山駅の北東側のいわば岡山の下町といったところ。「奉還町」という変わった名前のゆかりは、明治初年の廃藩置県後、一部の士族たちが家禄《かろく》奉還金を元手にして、西国街道沿いに商店街を形成したところからきている。いまでもこの辺りはほとんどが商店街と住宅地で、地方都市特有のアーケード街もあるが、駅南の駅前商店街・表町《おもてちょう》商店街に較《くら》べ、近代化が遅れている。その代わり、昔の面影そのままの、瓦《かわら》屋根を載せた板塀《いたべい》の屋敷なども残っていて、風情《ふぜい》のある街だ。

康子の父親はコンビニエンスストアを二軒経営している。本店のほうを父親が、隣町のもう一軒のほうは康子の兄が店主を務める。本店の裏が住まいで、住まいに建て増ししてスタジオを作り、康子はそこでフルート教室を開いていた。

店の脇の路地を入ったところに、住まいの入口があった。「夏井フルート教室」という可愛らしい看板が、まだそのまま残っていて、ふっと悲しみを誘う。

康子の母親は五十五、六歳だろうか。かなり度の強いメガネをかけて、髪の毛は短めで活発そうな女性だが、さすがにショックから立ち直れないのだろう。見るからに意気消沈していた。浅見が「戸川さんの友人です」と名乗ると、複雑な表情で「そりゃあそりゃあどうも」とだけ言った。

「戸川さんは、最後まで康子さんが自殺されたとは思っていませんでした」

浅見が言うと、母親は「それは私らも同じでした」と強い口調で言った。

「康子が自殺するなんて、そねえなあほなことがありますか」

「しかし、警察は自殺と断定してしまったのですね」

「そうです、それ以外には考えられん言うんです。考えられん言うたって、それこそ考えられませんがな」

「自殺でないとすると、お母さんはどうお考えなのですか？」

「それは……それは分かりませんけど、何かの間違いが起きたとしか思えません。たまたま、飲んだコーヒーの中に毒が入っとったとか……」

「その毒物ですが、たしかご親戚にメッキ工場があって、そこから手に入れられたのではないかということでしたね？」

「はあ、警察はそう言うとります。じゃけど、兄は——工場は兄が経営しとります——絶対そねえなことはありえん言うて、それは間違いないいうて、つまり、管理はちゃんとやっとって、兄でなければ鍵《かぎ》があかないロッカーにしまってあるんじゃそうです。じゃけど、警察は信じちゃあくれんのですわ。頭っから、工場から持ち出したもんと決めてかかって、人の言うことは聞こうとせんのです」

悔しそうに唇を曲げている。

「亡くなる前、康子さんの様子に何か変わったところはありませんでしたか？」

「そんなもん、ありませんよ。自殺なんかするような子じゃあありません」

「あ、いや、自殺でないとしても、何かいつもと違う様子とか、行動とか、何か言ったとか、ちょっとしたことでもいいのですが、変化はありませんでしたか？」

「ありません、いつもと同じようにレッスンしたり、出稽古《でげいこ》いうんですか、友井《ともい》さんのお宅に教えに行ったりして」

「えっ、亡くなった日に出稽古に行かれたのですか？」

「いえ、前の晩です。いつもどおりの時間に帰ってきて、少し疲れたような顔はしとったですけど……」

「ちょっと待ってください。疲れたような顔をしていたのですね？　それで、お母さんは何か声をかけてあげるようなことはしなかったのでしょうか？」

「それは言いましたよ、どねえしたん、疲れた顔して、言うて」

「そうしたら？」

「そしたら、友井さんのとこの近くで面白いものを見たとか言うて、笑《わろ》うとったです」

「笑っていた？」

「そうです、笑うとりましたよ」

「何が面白かったのですかね？」

「それを訊こう思うたら、二階へ行ってしもうて、それっきりでしたけど。とにかく、そねえなくらいですけえ、べつに死ぬとか、そねえな様子はなかったです」

「その次の日はどうだったのでしょう？　つまり、亡くなられた日のことですが」

「それが……」

母親は沈痛な顔になった。

「その日は、私も主人も店のほうに出とって、あの子が出て行く時は見ておらんかったんです。じゃけど、そねえなことは珍しゅうないし、自分でドアに鍵かって行きますしね」

「それじゃ、何時に家を出たのかも、行く先も分からないのですね？」

「そうですなあ、たぶん二時頃じゃと思いますけど、どこへ行ったんかは……」

「警察のほうでも、その後の足取り調査はしたのでしょうね？」

「はあ、してくれたみたいですけど、結局、分からなかったんと違いますか。新倉敷駅の改札口を出たいう目撃者の話があったみたいですけど、それもはっきりしないとか……あのコートは、フードを被ればちょっと目につきますけど、ふつうに着とったのでは、あまり目立ついうわけではないですしね」

「フルートを持って行かれたということは、どこかでレッスンの予定があったのではありませんか？」

「そうかもしれませんけど、私らには、あの子の仕事のことはよう分からんのです」

語り疲れた——というように、母親は肩を落として、しきりに首を振っている。

「遺書があったそうですね」

「ああ、ありました」

「何て書いてあったのですか？」

「悪いのは私ですいうて書いて……」

ふいに、母親は嗚咽《おえつ》がこみ上げて、語尾が乱れた。それからしばらく精神の動揺を抑えるのに時間がかかった。

「……このようなことになって申し訳ありません、悪いのは私です。夏井康子……そう書いてありました」

聞きおえて、浅見は怒りが湧いてくるのを抑えようがなかった。

「それは遺書ではありませんね」

かろうじて、静かな口調を保って言った。

「そう、そうでしょう」

母親も震える声で言った。戸川の父親が浅見に見せたのとそっくりの、縋《すが》りつくような目の色であった。

第三章　他人の関係

1

夏井康子が死ぬ前日、最後の出稽古《でげいこ》に行った友井家は岡山市内国富《くにとみ》というところにあった。国富は岡山市街地のやや東寄り、操山《みさおやま》丘陵西麓《せいろく》にあり、後楽園と隣接する落ち着いた住宅地だ。旧制の第六高等学校があったところだし、現在も名門として知られる岡山朝日高校なども近い文教地区でもある。

後楽園の借景として建てられたともいわれる、県重文安住院多宝塔《たほうとう》、仁王門など古い寺院もいくつかあって、緑濃い山の手の街といった趣がある。長い塀や大きな邸宅も少なくない。友井家では、いくぶん迷惑そうな顔をされた。康子の母親とこの家の夫人とが古くからの友人で、その関係で娘にフルートを習わせることになったのだという。

娘の先生である康子がああいうことになったのは、気の毒は気の毒として、関《かか》わり合いになることで、やはり何かと迷惑をこうむっていることは事実なのだろう。フルートを習っていた中学生の女の子にも会ったが、どんどん遠ざかってゆくような目をして、あまり話したくない様子だ。

人間、死んだ者には冷淡なものかもしれない——と思い、それだけに浅見は、夏井康子や戸川健介の名誉を取り戻して上げたい気持ちに駆られた。

「あの晩、夏井さんは、この近くで何か面白いものを見たらしいのですけど、それらしいことを言っていませんでしたか？」

母親と娘と、両方に等分に訊《き》いた。

母娘は顔を見合わせて、たがいの意思を確認しあったように、同時に首を横に振った。それっきり、何の収穫もなかった。

だとすると、康子が「面白いものを見た」のは、友井家を出た後ということになる。それは午後八時頃だそうだ。いまは午後三時少し前——どう想像を働かせても、夜の街の雰囲気は思い浮かばない。

浅見は仕方なく、確たる目的もなしに周辺を歩いてみることにした。

車の通行はごく少なく、人家も密集していない、落ち着いた街である。どちらかといえば寂しいくらいで、この街で「面白いもの」が見られるとは、ちょっと考えにくい。だいたい「面白いもの」とはいったいいかなるものなのかが、見当もつかないのだ。

康子は二十二か三か、まあ、箸《はし》が転んでもおかしい年代かもしれないが、そのたぐいの「面白さ」ではなさそうな気がする。

自宅に戻った時、康子は疲れたような顔をしていたというのが、一つ引っかかる。面白いが、ある種、屈託した面白さというようなものだったのではないだろうか。それはたぶん、「意外な」とか、「信じられない」とかいったたぐいの言葉の言い換えだったとも考えられる。興味はそそられるが、決して愉快ではないというような。もし、手放しで楽しめるような「面白さ」だったとしたら、その場で母親に話して聞かせたにちがいない。

しかし、いくら歩き回っても、いくら頭を働かせてみても、何の手掛かりもなくては、それ以上に思考は進展しない。

（彼女はここで何かを見たのだ――）と地団駄を踏んでも、問題は解決しない。

考えあぐねながら、浅見は岡山城まで歩いた。「烏城《うじよう》」の別名のある岡山城は端正な姿である。後楽園を隣に控え、シーズンオフにもかかわらず、けっこう賑《にぎ》わっていた。団体の観光客が二組、ガイドが掲げる旗を先頭にゾロゾロ連なって行った。

二組ともかなりの年配の団体だが、誰もが幼稚園の生徒同様、ガイドの旗を見上げながら、忠実について行くのは、微笑《ほほえ》ましい風景であった。

彼らの列をぼんやり見送りながら、浅見はふいに胸の奥に痛みのようなものを感じた。大抵の場合、何かがおかしい——と気づく時の、それは兆候である。

（何だろう？——）

浅見は胸を押さえて、思考をフル回転させた。

何かを見落としていた、その何かを模索して、過去の記憶を遡《さかのぼ》った。

（そうだ、プラカードだ——）

浅見は思い当たった。最前のショックは、ガイドの掲げる旗が、意識下にあった一つの情景を蘇《よみがえ》らせたのだ。

浅見は周囲を見回した。ここは天守閣前の広場で、もちろん電話ボックスなど見当たらない。とにかく出口を求め、石段を下りて木戸を抜けると、向こうのほうに土産物《みやげもの》店が見えた。

赤い自動販売機の脇《わき》に緑の公衆電話があった。

テレホンカードを突っ込み、本沢《ほんざわ》家の番号をプッシュする。

「あ、浅見さん、ちょうどいま出かけようとしていたところです。よかった」

千恵子は嬉《うれ》しそうな声で言った。

「よかったのは僕のほうです。いてくれてどうもありがとう」

「いやだ、そんな……浅見さんなんだか変。そんなふうに言われたら、私、どう言っていいか困っちゃう」

千恵子が何か勘違いしそうなので、浅見は慌てて、早口で言った。

「本沢さんが津山の何とかいう料亭で、無礼な県会議員と会った時、その県議は本沢さんが有名なヴァイオリニストであったことを知らなかったのでしたね？」

「え？　ええ、そう、ですけど……」

とたんに千恵子は、つまらなそうな声になった。

「列車の中で会った時は、私のこと、津山音大の受験生かと思ったって、そう言ってました」

「そうでしょう。しかし、本沢さんが津山駅で降りた時、出迎えの戸川さんや学生たちが、プラカードを掲げていたのじゃありませんか。それなのに、その県議はなぜそのことを知らなかったのでしょうか？」

「あ、ほんと、そうですよね……」

「あの列車のグリーン車は車両の半分しかないのでしょう。おまけに前後に隣り合う席にいたのだから、ほとんど一緒に改札口を出そうなものです。いや、たとえ多少離れたとしても、それだけ賑やかに出迎えていれば、気がつかないはずはありませんよ。あんなちっぽけな駅ですからね。それなのにその県議氏は知らなかった……それはいったいなぜなんですかねえ？」

「さあ、なぜなのかしら……もっとも、私のほうも笹倉さんが前に行ったのか後から降りたのか、憶《おぼ》えてなかったから……」

「えっ、いま何て言いました？」

「私も憶えてなかったって……」

「いや、そうじゃなく、その県議の名前ですが」

「笹倉さんですか？」

「そうか、県議の名前だったのか……」

「それがどうかしたのですか？」

「いえ、大したことじゃないのだけれど、ホテルにいた女性の名前が笹倉だったのです。どこかで聞いた名前だと思っていたら、そうか、県議の名前か……」

「女性？……」と、千恵子の声が曇った。

「その女のひと、若くて美人なんでしょう」

「ええ、まあ……えっ、いや、それほどでもないですよ」

「まあいいですけどね。で、そのことを聞きたくてお電話なさったの？」

「あ、そうじゃないのです。その笹倉県議がなぜ本沢さんに気づかなかったかということをですね……」

「そんなこと、知りませんよ」

「まあそう冷たく突き放さないで、考えてみてくれませんか」

「考えたって分かりませんよ。その女の方にお聞きになったらいかがですか？　ひょっとすると、その方、笹倉さんのお嬢さんかもしれませんよ」

「いや、そういう問題では……なるほど、その可能性はありますね。笹倉というのは、比較的珍しい名前だし……」

「どうぞそうなさいまし。急ぎますので、失礼いたします」

叩《たた》きつけるように電話が切れた。ひどい誤解である。浅見は急いで電話をかけなおしたが、もはや千恵子は出かけたのか、それとも無視しているのか、呼び出し音が空《むな》しくひびくばかりだ。

（やれやれ――）と、浅見は受話器を置いた。この関係悪化を修復するのは、イスラエルとPLOほど厄介な問題かもしれない。

電話ボックスを出て、天守閣を仰ぎ見た。それにしても、笹倉県議がなぜ本沢千恵子の賑やかな出迎えに気づかなかったのか。これは難しい謎《なぞ》だ――と思いかけた瞬間、浅見はあっと思い当たった。

（そうか、笹倉は津山では降りなかったのだ——）

気がつくと、あまりの馬鹿馬鹿しさに、浅見は思わず笑いだした。向こうから来た女子高生の三人連れが、びっくりしてすれ違って、目引き袖引《そでひ》きして笑って行った。

それにしても、先入観による錯覚とは恐ろしいものだ。笹倉は千恵子と同じ列車に乗っていて、津山の料亭に出席したから、当然、千恵子と一緒に津山駅で降り立ったと思ってしまう。もし、プラカードの一件に気がつかなければ、永遠にそう思い込んでいたにちがいない。

謎が解けてみれば何のことはなかった。慌てふためいて電話なんかかけることはなかったのである。おまけに千恵子に妙な誤解を与えることになって——踏んだり蹴《け》ったりではないか。

それにしても、と、浅見は転んでもただでは起きない負け惜しみのように、笹倉は津山に降りずに、どこまで行ったのだろう——と考えた。

津山線は岡山から津山までの路線で、津山から鳥取まで、急行「砂丘号」は因美《いんび》線を走ることになる。途中には雛送《ひなおく》りの「用瀬《もちがせ》町」がある。以前、浅見が深く関わった『鳥取雛送り殺人事件』の悲劇が、チラッと頭を過《よ》ぎった。

津山の次に急行が停《と》まる駅は「美作加茂《みまさかかも》」である。そこから間もなく、国境の長いトンネルを潜《くぐ》り、鳥取県に入る。

岡山県議の笹倉としては、津山へ来たついでに選挙運動か何かで加茂町に行ったかもしれない。そこでひと仕事して津山に戻って、料亭に出席した――と考えれば、宴に遅参した理由も説明がつく。政治屋は狡《ずる》いから、効率よく動くものだ。

そういえば――と浅見は思い出した。笹倉という男は、列車の中で千恵子を受験生と勘違いして、「津山音大なんかやめたほうがええ」などと言っているのではなかったか。津山音大を誹謗《ひぼう》しておいて、そのくせ、音大理事長の宴には出席している。ずいぶん胡散臭《うさんくさ》いことをするヤツだ。

考えているうちに、まったく見ず知らずで関係のない笹倉県議が大嫌いになった。

しかし、いくら狡くていやなヤツでも、いったいどういう目的やら考えがあって、受験生に向かって「やめたほうがええ」などと、およそ大人げないことを言ったりするのだろう？――酒でも飲んでいて、その勢いで調子に乗ったのだろうか。

浅見の頭の中は、列車内の情景でいっぱいになった。むっとするような温気《うんき》と煙草《たばこ》の煙が立ち込めて、ガヤガヤと騒がしい……その時、ヒョイと前の席の男が顔をふりむけて「音大はやめたほうがええ」と言った。

そして、さらに「やめたほうがええ」理由を喋《しゃべ》る男に、隣の客が「やめとけや」と窘《たしな》めて、男はようやく首を引っ込めた……。

（そうか、隣の客か――）

千恵子はその客の言葉を「やめとけや」と言っていた。その場の雰囲気をそのまま伝えようとして、方言のままを言ったのだろう。「やめとけや」という言い方には、目下に向かって言うニュアンスがある。笹倉県議に向かって「やめとけや」と言える相手は、笹倉より上か、少なくともよほど親しい友人以上の間柄ということになる。

（何者だろう？――）

浅見の好奇心は、まったく存在の影も見えていなかったその男に向かって、ぐんぐん成長していった。

もし浅見の「捜査」が順調にいっていれば、そんな無関係の事柄に関心を向けようもなかったにちがいない。捜査が行き詰まって、手掛かりを失って、気抜けした状態だったから、ふっと天魔に魅入られたように「雑念」が忍び込んだのだ。

いったんこだわりだすと停まらなくなるような、妙なしつこさが浅見にはある。子供の頃、虹《にじ》の根っこを求めて、見知らぬ街をどんどん歩いて行ったこともあった。日食の観察をして、誰もいなくなった校庭で、いつまでも墨を塗ったガラス片を天にかざしつづけていたこともある。

また土産物店の公衆電話に取って返して、電話帳で「笹倉事務所」を調べた。笹倉が岡山県のどこを地盤にする県議かは知らないが、議会のある県庁所在地に事務所ぐらいはあるだろう。

思ったとおり、「笹倉正直事務所」というのがあった。「正直」は「まさなお」とでも読むのだろうか。何が正直なものか――と思いながら数字をプッシュした。

声のきれいな女性が出て「はい笹倉事務所でございます」と言った。「先生はおいででしょうか」と訊いたが、いてくれないことを祈った。笹倉本人が出たら、話はややこしくなる。

「ただいま議会のほうへ出ておりますが」

「あ、そうでしたか。じつは加茂町の後援会の者ですが、先日、大雪の次の日、先生と津山線の列車の中でお目にかかりまして、その際にですね、先生とご一緒におられた方のお名前を失念したもので、お教え願えればと思いましてお電話したのですが」

何とか岡山弁らしいイントネーションをつけたのだが、似て非なるもののようだ。

「ああ、加茂町へ行った日ですね。それでしたら室口《むろぐち》さんとちがいますかしら」

「室口さん……」

「ええ、西日本総合開発の室口社長さんでしょう。加茂町にご一緒させていただいて、あの日は雪で道路がだめで、急遽《きゅうきょ》、列車を利用することになったそうですので」

「あっ、そうでした室口社長さんでした。いや、どうもお忙しいところありがとうございました」

女性の「あの、後援会のどなたさまで?……」という声を放《ほう》り出すように、急いで受話器を置いた。

2

西日本総合開発なる会社がどのような企業なのかは知らないが、ネーミングからいって、土木関係の仕事をやりそうな感じがする。だとすると、津山音大の移転工事がらみの利権が連想される。何か大きな工事や事業があると、すぐさま利権だの汚職だのを連想してしまうとは、なんとも情けない国ではあるが、もしそういう背景があるとすれば、笹倉が室口におもねるような調子のいいことを言う事情も納得出来る。あの時、千恵子に「音大はやめたほうがええ」などと言ったのは、ひょっとすると室口社長に対する「ええかっこし」だったのかもしれない。音大を貶《けな》すことで、室口に忠義立てをするような、何かの理由があったのではないか——。

浅見は毎朝新聞岡山支局を訪ねた。デスクの飯塚《いいづか》という男に、東京本社政治部の黒須《くろす》記者の知り合いだと言って名刺を出すと、「ああ、浅見さんてあれでしょう、探偵をやってる」と知っていてくれた。

「鳥取県倉吉《くらよし》の事件で、だいぶ活躍されたそうじゃないですか」

飯塚はちょっと揶揄《やゆ》するような口調で、しかし好意的に言った。倉吉付近で起きた「黄色い土」の事件を解決したのはつい最近のことだ（『怪談の道』参照）。考えてみたら、倉吉は岡山から真北といっていいところにある。事件の取材は、岡山支局が担当したのだそうだ。

「今日はまた、何の事件ですか？」

飯塚は期待する目になった。

「いえ、事件というわけではないのですが、ちょっと調べたいことがありまして。資料を拝見できればと」

「ああいいですよ、どんな資料です？」

「西日本総合開発という会社がありますね。そこはどういう企業なのかを知りたいのですが」

「ほうっ……」

向き直った反応が、何やら意味ありげであった。

「西日本総合開発に目をつけましたか。さすがですねえ」

「は？　それはどういう意味ですか？」

「ははは、まあまあ、隠さんでも、われわれは邪魔はしませんよ」

「いえ、隠すとか邪魔だとか……困ったな、ほんとに別に深い意味はないのです。ただ資料を拝見したいと……」

「はいはい、分かりました」

飯塚はニヤニヤ笑いながら、それでも資料を運んできてくれた。資料の多くは毎朝新聞のデータベースから採ったものだが、新聞そのものの切り抜きや、他社の記事なども入っていた。

「西日本総合開発というのは、バブルの少し前あたりから急成長を遂げた会社でしてね、しかもバブルが弾《はじ》けたあと、多くの企業がバタバタ倒れる中で、ひとり生き残ったという、なかなかしぶといもんです」

飯塚デスクは解説を加えながら資料の目ぼしいところを広げてくれた。

まず目に飛び込んできたのは「倉敷学園都市計画に参入か？／注目される西日本総合開発の動向」という見出しだ。

記事は三年ほど前の地元新聞のもので、西日本総合開発の社長談話を中心にまとめた、いささか提灯《ちょうちん》持ち的な内容のものであった。おそらく同じ日の紙面のどこかに西日本総合開発の企業広告が掲載されていたのだろう。

その中で社長の室口雄吾《ゆうご》は倉敷市が進めている学園都市計画に積極的に賛成し協力を惜しまない旨、述べている。

「倉敷市の学園都市計画というのは、倉敷の西部地区——連島《つらじま》、玉島《たましま》あたりを再開発して学園都市化しようという構想でしてね、とくに従来、開発が遅れていた玉島地区について、新倉敷駅を中心とする文化ゾーンの整備建設に力を入れようというものなのです。その具体的な事業の目玉として、県北の津山市にある津山音楽大学を誘致することが本決まりになりましてね」

「なるほど、それを西日本総合開発が手掛けようというのですね？」

「いや、それが問題のところなのです。音大の移転に関しては倉敷市議会が百億円の補助を議決したほどの熱の入れようなのですが、これには西日本総合開発はちょっと乗り遅れた感がありまして、事業のおこぼれにもありつけそうにないのですよ。そこで持ち出したのがこれです」

飯塚は香具師《やし》のような手つきで、ファイルの中から大きな切り抜き記事を出した。

——玉島地区に総合芸術大学建設構想が名乗り——すでに津山音大の移転が内定している

倉敷市玉島に、新たに四年制総合芸術大学の建設計画の構想が持ち上がった。音大が音単独の大学であるのに対して、今回の計画では音楽、美術、建築、工芸から都市環境芸術到《いた》る幅広い範囲の総合的な芸術文化の学園にしようというもので、計画には東の東京芸術大学に比肩するほどの内容が盛り込まれている。

建設構想を推進する母体は「倉敷西部地域整備フォーラム」（倉敷市阿知《あち》・篠原八郎《しのはらはちろう》代表理事）だが、背後には西日本総合開発の存在があり、さらに地元選出の有力政治家が関与しているとの噂《うわさ》もある。今後の動向によっては、津山音大など現在進行中の開発計画に影響が及ぶことは必至で、倉敷市当局としては対応に苦慮しているもようだ。

「岡山県には保守党の有力政治家が二人いましてね、一人は主流、もう一人は反主流に属していて、極端に仲が悪いのです。倉敷市長は保守から革新まで取り込んだ、いわば市民党みたいなものだが、玉島地区の再開発は反主流の息のかかった県議と業者が中軸になって、主流派側は出し抜かれた恰好《かっこう》でしてね。今回のこれは主流派の巻き返しといったところですかな」

「しかし、津山音大が出てくる同じ場所に、総合芸術大学というのは、またえげつないですねえ」

「そう、おっしゃるとおりえげつない。いやがらせ以外の何物でもありませんな。どろどろの泥仕合ですよ」

「それで、勝敗の帰趨《きすう》はどうなのでしょうか？」

「正直言って、いまだ流動的としか言えませんね。津山音大のほうは、二年後の移転開校を表明してしまったので、何が何でもやらなきゃならんのだが、行ってみると分かりますが、玉島の移転場所の山みたいなところは、まったくの手つかずで、取り付け道路もないような状態です。これで間に合うのかいなと心配になりますね」

「ところで」と、浅見は核心部分に入った。

「県会議員の笹倉さんという人がいますが、この人は西日本総合開発の室口氏とはどうなのですか？」

「ふーん、さすがですなあ」

飯塚はまた感心してみせた。

「そこまで調べ上げているとは、恐れ入りました。まさに笹倉県議というのが、泥仕合をいっそうどろんこにしている元凶みたいな人物でしてね、本来は津山音大の後援者の一人でもあり、音大の移転を推進していた側の有力メンバーなのだが、このところの動きを見ていると、どうも怪しい。主流派の代議士先生に取り込まれた形跡があります。室口社長とも急接近しているようですしね。まあ、相当な実弾が打ち込まれたのではないかと、もっぱらの噂ですよ。しかし、真相はもう一つ裏があると私は思っていますがね」

「といいますと？」

「まあ、これは憶測だが、むしろ笹倉県議のほうから、『倉敷西部地域整備フォーラム』の青写真を室口社長に売り込んだのではないかと思うのです。つまり、次期国会議員候補としてですね。これまでに、反主流派の代議士先生をつぶすタマとして、何人かの候補が上がっているのだが、笹倉県議はそのどん尻《じり》のほうにいて、いまいち届かないと言われる。そこで、美味《おい》しいお土産を持って室口社長や主流派の大先生に日参しているってとこじゃないのでしょうかなあ。事実、このところ、笹倉県議の保守党県連内での位置は急浮上しているという説もありますしね」

浅見は「なるほどねえ……」と頷《うなず》きながら、いささかうんざりしてきた。どこへ行っても、この種の利権争いの分捕り合戦にぶつかる。

「ところで」と飯塚が、今度はこっちの番だ——と言いたそうな目を浅見に向けた。

「浅見さんが出てきたからには、こんな利権争いを暴くのが目的ではないでしょうね。いったい何ごとが起きたのですか？」

「はあ……」

浅見はどう答えるべきか、しばらく思案した。これだけ協力的に資料を提供してくれた相手に、その場凌《しの》ぎのおとぼけで誤魔化《ごまか》すのは失礼だ。

「このあいだ、倉敷と津山で自殺事件がありましたね」

「ああ、あれですか、後追い自殺の……ふーん、すると、あれを追いかけているわけですか？」

「あの事件については、毎朝新聞もやはり、後追い自殺として扱ったのですね？」

「まあ、そういうことですが……そうじゃないっていうのですか？」

「いや、分かりません。ただ、両方の家族とも、うちの子にかぎって自殺なんかしないと言ってますが」

「そりゃまあ、どこの親にしたって、そう言うでしょうけどね。ことに女親なんてのは、自分の出来の悪いガキを聖人君子かなんかのように思っている。そのくせ亭主のことは、ぜんぜん信用していないんだから、まったく情けないったらありゃしない……ははは、いや、これはわが家の現実に即して言っているのですがね」

飯塚は高笑いして、「というと、浅見さんはあの自殺は自殺ではないと、こうお考えなのですな？」

「ええ、自殺ではないと思っています」

「ほうっ……」

飯塚はまじまじと浅見を見つめ、「こいつは面白いことになりそうですなあ」と、もみ手をして、前かがみになった。

「で、その根拠は？」

「ありません」

「えっ、ないって……」

「根拠なんてものは、何もありません」

「しかし、それじゃ、どうして？」

「勘です」

「勘……」

しばらくたがいの顔を見つめあってから、どちらからともなく笑いだした。もっとも、その笑いの質は二人のあいだでは、かなりのずれがあったらしい。

「なるほど、勘ですか、勘ねえ、そいつは面白いですなあ」

飯塚のほうが先に笑いを収めて、

「しかし、勘だけじゃどうにも頼りないですねえ。私はまた、浅見さんに何か、他殺を裏付けるような材料でもあるのかと思ったのだが……本当のところはどうなんです？　何かある

「そうですか、それじゃ浅見さんの勘に大いに期待させていただきますかな」

浅見は軽井沢にいる友人のミステリー作家の、眠そうな顔をチラッと思い浮かべた。

「いいえ、そんな有名な人ではありません」

「ふーん、それは誰の言葉ですか？　コナン・ドイルかヒッチコックか誰かですか？」

「さあ、それはどうか分かりません。すべての推理は勘から始まると言いますから」

「それにしても、いくら浅見さんが名探偵でも、勘だけじゃどうしようもないでしょうなあ」

飯塚はため息をついた。期待して損したとでも思ったのだろう。

「それはまあ、そのとおりですがねえ」

「しかし、いまの僕は勘に頼る以外、証拠どころか情報も何もないのです。それに、もし何か、有力な証拠なり根拠なりがあるとすれば、警察が自殺で片づけるはずがないのではありませんか？」

浅見は申し訳なさそうに頭《こうべ》を垂れて、

「いいえ、本当に何もありません。正真正銘のただの勘だけです」

疑わしい目で、浅見の顔を覗《のぞ》き込んだ。

んじゃありませんか？」

あまり期待していない口ぶりで言って、飯塚はヨッコラショと立ち上がった。浅見も立って挨拶《あいさつ》を交《か》わしてから、ふと思い出して言った。

「そうそう、笹倉県議の地盤は加茂町のほうですか？」

「加茂町？……というと、津山の北のですか？　とんでもない、笹倉氏は岡山市内ですよ。国富っていうところに先祖代々住んでいるんじゃないかな」

「国富？……」

浅見はポカーンと口を開けたが、飯塚はそっぽを向いていて気がつかない。

「そう、後楽園の東のほうです。岡山市内ではまあ高級住宅地に入りますかね」

「そうですか、近いのですね」

浅見は急いで取り繕《つくろ》って、動揺を見透かされないうちに新聞社を出た。

べつに走ったわけでもないのに、浅見の心臓は速く強く鼓動を打った。夏井康子の最後の「出稽古」先である国富が、なんと笹倉県議の自宅と同じ住所地だとは……。

康子が「面白いものを見た」という、その「面白いもの」と、笹倉の存在とが頭の中でオーバーラップして、何か得体の知れぬモヤモヤした影を成した。

それにしても、浅見はまだ笹倉に会うどころか、顔さえも知らないのだ。もちろん夏井康子の生前の写真も見ていない。このまったくイメージを描きようがない二人の「出会い」の瞬間を、頭の中のスクリーンに定着させようとするのは、空しい試みであった。

夏井康子が見たのが、笹倉の何かだったとして、それがいったいどう「面白」かったのだろう？

康子が死ぬ前日の晩の笹倉の行動を知ることが出来れば——と、浅見はその方法を模索した。笹倉事務所に電話で問い合わせるのが簡単かもしれないが、二度同じ手を使うのは気がひける。

だめでもともとと思って、議会の事務局に電話してみた。「毎朝新聞ですが、二月十五日の笹倉議員の日程は分かりませんか」と身分を詐称《さしょう》して訊いた。議員の公式日程はオープンなものだし、この程度のことは許してもらえるだろう。案の定、事務局はあっさり教えてくれた。

「笹倉先生は二月十五日の午後、東京へお発《た》ちになり、十六日は陳情団の方々と東京で行動を共にされ、その夜、岡山に戻られました」

ということは、その晩、笹倉は岡山にはいなかったのだ。康子が見た「面白いもの」から、笹倉は除外される。

（何てこった——）

笹倉家が国富にあるという、胸が痛くなるような大発見で期待感が大きかっただけに、浅見は拍子抜けがして、歩き続けてきた疲れが、どっと出た。

（しかし――）と浅見は思い直して考えた。夏井康子が何かを見たのはたしかなのだ。その「面白いもの」の正体を突き止めることだけが、わずかに残された手掛かりだ。

戸川健介はどうしたのだろう？――とも思った。戸川もまた、この一事だけを頼りに真相を突き止めようとしていたのではないのだろうか。しかも彼は何日間もそのために歩き回ったのだ。その挙げ句に殺された――。

浅見は背筋がゾクゾクッときて、いっぺんに精神の緊張を取り戻した。脚はたしかに重くなってはいるが、それよりも重い使命感が彼を突き動かした。ふたたび奉還《ほうかん》町の夏井家へと夕暮れ近い舗道を歩きだした。

3

夏井康子の母親は、ふたたび現れた浅見に少し不気味なものを感じたかもしれない。警察の人間でもなく、マスコミでもなく、まして一文の得にもならないことで、なぜこんなにも世話を焼くのだろう――という表情が読み取れた。

世の中には人の善意だとか無償の好意だとかいうものの存在に懐疑的な人間が多いが、そうでなくても、あまり親切にされると薄気味が悪かったり、迷惑だったりするものである。善意や好意や親愛の情を示そうと思って接近して、逆に悪意を持っているように誤解されたり、時には殺されたりすることだってある。

浅見は「たびたびお邪魔して、申し訳ありません」と詫《わ》びておいてから、訊いた。

「津山の戸川健介さんは、康子さんが亡くなられたあと、お宅には何度ぐらい見えたのですか?」

「そうですなあ、四度か五度でしたか」

「そうですか。彼としては、よほど無念だったのでしょうねえ。何とかして真相を突き止めたかったにちがいありませんね」

「はあ、そうじゃと思いますけど、じゃけど、たとえ康子が誰ぞに殺されたんであっても、所詮《しょせん》は無理なことじゃったでしょうなあ。個人の力じゃあなあ……」

母親は首を振った。

「そんなことはありません、警察官だって、一人一人は個人なのです。僕だって個人ですが、不可能だとは思っていません」

「そしたら、あなたは戸川さんみたいに康子のことを調べとられるんですか?」

「ええ、真相を究明して、康子さんや戸川さんの名誉を回復するつもりです」

「はあ……」

気の毒な母親は、上目遣いになった。この風変わりな客に対して、感謝の念よりも、やはり不気味な想いが先立つらしい。

「ところで、さっき伺った時にお聞きした、康子さんが何か面白いものを見たとおっしゃっていたことですが、そのことは戸川さんにもお話しになったのでしょうね？」

「はい、話しましたけど」

「やはりそうでしたか」

「じゃけど、それが何か？」

「戸川さんはその言葉を唯一の拠《よ》り所として、それから亡くなるまで、必死の想いで犯人を探し回ったのですよ」

「犯人いうて言いますと、やっぱり……」

「ええ、これは殺人事件なのです。お母さんもそう思われたとおり、康子さんは、それに戸川さんも自殺ではなく、何者かに殺されたのですよ」

「……」

母親は完全に怯《おび》えた顔になった。口では自殺ではないと強く言っているくせに、殺されたということには、より強い抵抗を感じるのだ。だからといって彼女を責めてはいけない。誰にしたって、自分や自分の身内が殺されるというような状況を認める気にはならないのが、ごくふつうの庶民的な感覚というものだ。

夏井家を辞去し、たそがれの街を歩きながら、浅見は死んだ戸川の最後の数日間のことを思いやった。

戸川はいろいろな情報に関して、浅見より詳しい知識を持っていた。康子が見た「面白いもの」の正体を知りえたチャンスは、浅見より大きかっただろう。

たとえば、津山音大の後援者である笹倉の家が国富にあることも当然、知っていたにちがいない。浅見が何の気なしに通過した国富の街を、戸川の場合は「笹倉家のある場所」であるという特別な認識をもって、何度も何度もしつこく徘徊《はいかい》したことだろう。

さらにいえば、康子が笹倉の家のことを知っていたという、そのことも戸川は知っていただろう。康子が見た「面白いもの」への心当たりが戸川にはあったことになる。

康子が見た「面白いもの」を、戸川もまた見た。そして、二人とも消された——。

浅見の空想は恐ろしい結論を得たところで停まった。見たものを石にするギリシャ神話のメデューサの首の伝説を連想した。自分も石にされてしまう恐怖を、現実のものとして実感した。しかし、その恐怖はかえって好奇心をあおる方向に作用した。空想は停まったが、浅見の足と意志のほうは前へ前へと進みたがった。

友井家から夏井家までは、途中、岡山城を通って歩いて行ったが、さすがにその道をもう一度歩く気にはなれなかった。

奉還町から国富へ行くには、岡山駅西口まで歩き地下道を通って駅の正面玄関へ出て、そこからバスかタクシーに乗るのがいちばんいい。夏井康子の出稽古もそのルートだったのだろう。

日が落ちると、国富の街はいっそう侘《わび》しさを増した。表通りから一歩裏手に入ると、まったく人通りが途絶える。ぽつんと一軒だけ賑やかに明かりをつけている酒屋に飛び込んで、笹倉家の場所を訊くと、昔からの住宅街のひときわ大きな屋敷だからすぐ分かる――と教えられた。

教わった道を行って、笹倉家の門前を素通りした。鉄の扉が嵌《は》まった立派な門だ。気がついてみると、康子の出稽古先である友井家から、バス停へ向かう通り道に当たっているのだった。

二つ目の角まで歩いてから、また戻ってきた。笹倉家の向かい側は長い石塀がつづき、街路灯が白い壁を照らしている。ここもまた寂しいが、しかしどこか清潔な雰囲気が漂っていて、夜道の独り歩きが危険というような感じではない。

午後七時を回って、闇《やみ》とともに寒気が垂れ込めてきた。伊達《だて》の薄着のつもりはないが、ブルゾン姿はさすがに冷える。浅見はいったん賑やかな通りまで出て、ラーメンで体を温めてから、ふたたび「張り込み」をつづけた。人通りは完全に途絶え、車もほとんど通らない。自分の靴音に驚くほどの静けさだ。

いよいよ康子が稽古先から帰りかける八時になった。あと少ししたら引き上げるか——と考え始めた。歩くことで体温を維持しているような状況だが、冬山の遭難でもあるまいし、こんなことがいつまでもつづくはずはない。ついに歩くのをやめて、笹倉家から三十メートルほど離れた街角の電柱の脇に佇《たたず》むことにした。

辛抱も限界かと思った頃、ヘッドライトが近づいて、浅見のいる場所を通り過ぎ、笹倉家の前で停まった。浅見はさり気なくその場から動きだし、寺の塀沿いにゆっくりと歩いて行った。

車はベンツの560タイプだ。ちょうど街灯がフロントグラスの向こう側にあって、後ろから見ると、前部シートの二人がシルエットになって浮かんだ。

運転席の男が助手席の女性を抱えるようにして、キスを交わしている。浅見は思わずギョッとなって、街路樹の背後に隠れた。

ドアが開いて、女性が降りた。物を言わず、車内に向けて一礼すると、ベンツは走りだした。運転席の男の顔はまったく見えなかったが、それでも、浅見はすばやくナンバープレートの番号だけは暗記した。

　女性は街路灯の明かりに白い顔を照らさせて、その場にしばらく佇んでいたが、クルッと後ろを向くと門に歩み寄った。バッグから鍵《かぎ》を出して門を開けている。その動作や全体の雰囲気で、浅見は彼女が津山国際ホテルにいた「笹倉」と呼ばれた女性と同一人物であることを確信した。

　気配を感じたのか、玄関から男が現れた。女性をねぎらうように「早かったじゃないか」という声が聞こえた。中年というより、初老に近い感じの声だ。おそらくあれが笹倉正直だろう。女性は黙って男に寄り添うように門を入った。浅見は急いで道路を横切り、忍び足で門のところまで行った。

（やはり彼女は笹倉の娘だったのか――）

　最初から解答が見えていた謎が解けたような、索漠とした気分だった。だからどうだというのか――と思った。

　その時、塀の内側から「もう死んでしまいたい」という女性の声が聞こえた。小声だが、切実なひびきのある、どこか悲痛な叫びのように聞こえた。「どねえしたんじゃ？」という男の声がつづいた。ごく小さく、哀願するような調子であった。

　いずれも、この静寂と、それに、集中した注意力がなければ聞き逃しそうな声ではある。

その二声だけで、二人は家の中に入ったらしい。すべての物音がやんだ。

浅見は棒のような脚をひきずって歩き、駅前近くのビジネスホテルに泊まった。身を三つ折りにしなければ入れないような狭いバスタブが、まるで天国の温泉のようにありがたかった。

安物《やすもの》の浴衣を纏《まと》ってベッドに引っ繰り返って、さっき見た情景を思い浮かべた。夏井康子や戸川健介が見たのは「あれ」だったのだろうか。あの情景が「面白いもの」だったのだろうか？　それも、死に値するほどの見物《みもの》だったのだろうか？　その結びつきがどうもさっぱり思い描けない。あのベンツが問題なのかな——と思う。ともかく、笹倉の娘を送り届けたベンツの主が何者なのかを調べてみようか——。

考えあぐねながら、浅見は眠った。意味不明の悪夢を連続で見た。

翌朝、浅見は玉島署の西山刑事に電話を入れた。「何か知りたいことがあったら電話してくれ」と言っていたのだ。無下《むげ》な断りは言わないだろう。

ベンツの所有者を知りたいと言うと、存外あっさりと引き受けてくれた。一時間後には判明して、浅見の電話を待っていたように、少し興奮ぎみに言った。

「あれは室口雄吾さんの所有でしたよ。知っとられますか、岡山県の大物実業家ですがね」

「ああ、やっぱりそうでしたか」

「やっぱりいうて、浅見さん、室口氏に何かあったんですか？　わざわざ車のナンバーを調べたりして。交通事故ですか？」

「いや、そんなことではなくてですね、じつは、夏井康子さんのことですが、自殺する前の晩に、彼女が『面白いものを見た』と言っていたこと、ご存じですか？」

「えっ、夏井康子さんいうて、浅見さん、やっぱしあの事件を追いかけとられるんですか？」

西山の口調が、がぜん警戒するものになった。

「そうですよ。それで調べていて分かったのですが、夏井さんは死ぬ前の晩、室口氏のことを見ていたと考えられるのです。その場所というのが、県会議員の笹倉正直氏の家の前でして、笹倉氏の娘さんが室口氏の車から降りたところを目撃したのですね。それがどうやら、夏井さんの言っていた『面白いもの』らしいのですよ。それでですね……」

「ちょっと、浅見さん、ちょっと待ってくれませんか……」

西山は慌てふためいて制止した。

「そういう込み入った話は電話じゃあ出来ませんよ。せえに、あの件はとうに処理ずみでしてなあ……第一あんた、室口氏じゃとか笹倉県議じゃとか、ややこしい話は堪忍《かんにん》ですわ」

後半部分はぐっと声をひそめるようにして言った。近くに例の警部補でも耳を欹《そばだ》てていているのかもしれない。

「しかし西山さん、そのことは夏井さんだけでなく、後追い自殺したとされる、津山の戸川健介さんも目撃しているふしがあるのですよ。一応調べてみる……」

「すんません、ちょっと仕事がありますけえ失礼します」

西山は悲鳴のように言って、電話を切ってしまった。

「ま、いいか……」

浅見は送話口に向かって、ひとり言を言った。警察のこういう仕打ちには慣れっこになっている。自殺なら自殺といったん決定したら最後、警察の方針を覆《くつがえ》すのは至難《しなん》のわざである。それは容疑者を特定した際にもいえることで、いったんホシと目したら、いくら反論しようと聞く耳を持たない。そういう体質だから、冤罪《えんざい》事件も発生するのだ。

とはいうものの、警察が相手にしてくれないとなると、素人探偵はつらいものがある。ことにテキが危険人物であるだけに、下手に手を出すと第三の犠牲者になりかねない。

それに、もう一つの問題があった。取材を伴わない二泊三日の旅は、居候《いそうろう》の身分としてはそろそろ限界に近い。こんなことなら、『旅と歴史』の藤田《ふじた》編集長をだまくらかして、何かの取材をでっち上げればよかった。

そう考えていて、ふと妙案を思いついた。藤田に電話して、「いま岡山県に来ているのですよ」と言った。

「ふーん、仕事なの？　どうせ、どこかのくだらない雑誌に取材か何か頼まれたんじゃないの？」

「いや、純粋な遊びですよ。倉敷の美観地区を観て、大原美術館を観《み》て、後楽園を散策して、久しぶりに心の洗濯をしました。しかし、犬も歩けば棒に当たるっていうのは、あれは本当ですね。こっちに来て、じつに面白い話に出くわしましたよ」

「ふーん、どんな話さ？」

「それは企業秘密です。これをまとめて、くだらない雑誌に持ち込むつもりですからね」

「いいじゃないか、話してみなさいよ。そんなケチケチしなくたって、横取りしたりはしないからさ」

「だめだめ、藤田さんは生き馬の目を抜くって評判ですよ。こんな、岡山県の政界経済界がひっくり返るかもしれないっていう大騒動を、そう簡単には教えられません」

「そうなの、そういう気持ちなの。いつもうちにはつまらねえネタばかし持ち込んで、おいしい話は他社へ行っちゃうわけ。そう、それが浅見ちゃんの友情ってもんかね」

「いや、そういうわけじゃ……分かりましたよ。それじゃ話しますけど、その前にこのネタ、藤田さんのところで買うって約束してくれますか？」

「そりゃ、面白い話なら買いますよ」

「ほらそれだ。そんなんじゃだめですよ。最悪、リポートはボツにしても旅費ぐらいは出してくれなきゃね」

「分かった、それで手を打とうじゃない」

「OK」

浅見は電話口で指をパチンと鳴らしてから、津山音大移転問題のゴタゴタを手短に話して聞かせた。多少、面白おかしく脚色して、おまけに「後追い自殺事件」までサービスしてやった。藤田は大いに乗ってきた。とくに津山、倉敷、岡山という歴史のある町が舞台になっていることで喜んだ。

「よし、それもらったよ。来月号に間に合うようにリポートまとめてね」

ご機嫌で電話を切った。

「よーし」と浅見も力が湧《わ》いてきた。これで最低、もうあと二泊三日分の旅費は確保できた。

4

西日本総合開発のビルは思ったより質素で、地上七階地下一階のうちの下半分をテナントに貸している。この辺りの堅実さがバブル崩壊にも生き残れた秘密なのだろう。

五階にある受付に行って、室口社長への面会を申し出た。アポイントなしの来訪だと言うと、受付の女性は呆《あき》れたような顔で、「それはたぶん無理だと思いますけど」と言った。それでも一応秘書に連絡してくれて、まもなく四十歳ぐらいの男がエレベーターで下りてきた。

「どのようなご用件でしょう？」

「倉敷西部地域の開発について、お話をお聞きしたいのですが」

「ほう、おたくさんがですか」

男はあらためて浅見の名刺を見た。名刺はいつもの肩書のないのではなく、『旅と歴史』の取材用のものを使った。

「あまりそちらの雑誌とは関係がないと思いますけどね」

「いえ、最近はうちの雑誌もいろいろ幅広い話題を取り上げているのです。ことに、この問題は、津山と倉敷との地域対地域の軋轢《あつれき》にも発展しそうですし、都市周辺地域の新しいありようを模索する上で、一つのケーススタディにもなるものと考えられます」

浅見はとってつけたような理由をズラズラと並べ立てるつもりだ。男はしようがないな――という顔で、「ま、どうぞ」と、受付脇の応接室に入れてくれた。

名刺には社長室長・下岡秀夫《しもおかひでお》とあった。きちんとした服装だが、ちょっとしたポーズや言葉つきに、どことなくヤクザがかった印象を受ける。

「せっかく東京から来られたようですけど、うちの社長は忙しい人間でしてな、よほどの用件でもないかぎり、こちらからお会いしたい方にしか滅多なことじゃあ会わん主義なんですよ」

「よほどの用件といいますと、たとえば社長さんの女性問題などでしょうか？　何でしたら、そのことについてお話ししたいことがあるのですが」

「ん？……」

下岡室長はけわしい目で浅見を睨《にら》んだが、それは一瞬のことで、すぐに「ははは」と笑った。

「あんた、何を知ってそんなことを言いに来たんか知らんが、社長の女性問題なんかをネタに売り込みに来たって、相手にされませんで。英雄色を好むいうんですかな、社長の女性問題なんかはゴロゴロしとって、そんなもんにいちいち驚いとったらこの仕事は務まりません。社長夫人はもちろんのこと、世間さまだって、またかぐらいにしか思わんのとちがいますか」

虚勢を張っているという感じではなく、本音でそう思っているらしい。むしろ社長の女好きにも困ったものだ——という、少し投げやりな気分を感じさせた。

これには浅見は参った。浅見の常識からいうと、異性問題というのは、男にしろ女にしろ、その人間に対する評価を左右する要素になると思っている。現に、タレントや政治家や会社人間にかぎらず、写真週刊誌の『フォーカス』だの『フライデー』だのの餌食《えじき》になって、失脚した例はいくらでもあるではないか。それが恐ろしいから、誰もがこそこそと立ち回るのであって、道徳観というより、じつは世間さまの目が怖いから——というのが本心の場合が多い。それを、室口社長のように世間の目も気にしないということになれば、これはもう怖いもの知らずだ。

「そんな人がいるのですかねえ？」

浅見は呆れて、思わず訊いた。

「おるいうことでしょうなあ」

下岡も、なかば慨嘆《がいたん》するような口調で言った。その件に関しては、社長にもっとも近い位置にいる人間でさえ、いささか辟易《へきえき》しているのかもしれない。

「じゃけど、こねえな人はまず珍しいでしょうな。よほど傑出した人物だけに許されることなのとちがいますか」

最後は尊敬と羨望《せんぼう》を交えた口ぶりでそう言った。

「そうかもしれませんねえ」

浅見もため息をついた。

一度は険悪になりかけた二人だが、なんだか、深刻がるのが馬鹿馬鹿しい雰囲気になってしまった。

そうは言っても収穫がなかったわけではない。要するに、女性問題で脅しをかけたのでは、室口という男はびくともしないことが分かった。まして、夏井康子や戸川健介のようなひよっこがやって来たって、歯牙《しが》にもかけないし、もちろん殺す気になるはずもないだろう。

浅見から見ると、室口のようなタイプはもっとも嫌いな人種だが、しかし、価値観や倫理観をべつにすれば、一つの生き方としては尊敬できる部分もある。少なくともバブルの崩壊を乗り切った手腕だけでも、企業家としては立派なものだ。

自分の責任において思うがままに生きて、それで何が悪い——と開き直ることができる男というのは、僕なんかよりよほど大人物なのかもしれない——と、浅見は少なからず気が滅《め》入《い》った。

「ま、そねえなわけだからして、お話を聞いてもしようがありませんがね。じゃけど」と、下岡は慰めるような余裕を見せて言った。

「あんたがご注進におよぼうとした話いうのを、聞かせてもらいましょうか。私の立場としては、一応知っといたほうがええですからなあ。それに、内容によっちゃあ、多少のことは出来るかもしれん」

「それはどういう意味でしょうか？」

浅見はムッとした。

「僕が何か、車代でもせしめに来たのだとお思いでしたら、見当違いですよ」

「ほう……いや、これは失礼した。どうも、そねえな連中の相手ばかりしておるもんで、こっちもさもしゅうなっとるんです。謝ります」

下岡は神妙に頭を下げた。見かけはごついが好感の持てる相手だ。

「そうおっしゃられると、僕のほうがかえって恐縮します。突然やって来たのは僕のほうなのですから。しかし、それはそれとしてお話ししましょう」

浅見は少し間を置いて、言った。

「じつは、県会議員の笹倉氏のお嬢さんのことなのですが」

「笹倉先生？……」

下岡の表情がサッと曇った。これは手応《てごた》えがあったかな――と思ったが、そうではなかったらしい。すぐに「笹倉先生のお嬢さんて、あんた……」と笑いだした。

「何を勘違いしとられるんか知りませんがなあ、笹倉先生なら私もお宅へ伺《うかご》うてよう知っとるけど、笹倉先生にはお嬢さんはおられませんよ」

「えっ？……」

浅見は意表を衝《つ》かれた。

「何かの間違いでしょう。ははは」

高笑いすると、下岡はさっと立ち上がり、「ほんならこれで」と、応接室のドアを開けた。付け入る隙《すき》を与えない速さで、完全にあしらわれた感じだった。

浅見は西日本総合開発の建物を出ながら、狐《きつね》につままれたような気分だった。調べればすぐ分かるような嘘《うそ》を下岡がつくとは思えないから、あの女性は笹倉の娘ではなかったことになる。

それじゃいったい、彼女は何者だ？

そう考えた次の瞬間、浅見は「あっ」と叫んで立ち止まった。

(そうか、あれは笹倉夫人なのだ——)

　　　——

思いついてすぐ、浅見は頭をはげしく振って、その着想を払い捨てようとした。津山のホテルで会った、あの寂しげにさえ見える楚々《そそ》とした女性が、女性の尊厳を何とも思わないような西日本総合開発の室口社長と——と想像した自分に腹が立った。

しかし、彼女を「寂しげな」とか「楚々とした」とかイメージしているのは浅見の勝手な思い込みでしかない。自分が女性音痴であることは、浅見自身がよく知っている。それに、冷静に考えてみても、その女性が笹倉夫人でなく笹倉の令嬢だったとしても、起こっていることの意味合いは同じなのだ。

笹倉家の前に張り込んでいた時、帰宅した夫人が「もう死んでしまいたい」と言ったのに対して、笹倉は「どねえしたんじゃ」と、あたかも懇願するような口ぶりであった。

ひょっとすると、笹倉は夫人の不倫を知っていたのではないのか――。いや、それどころか、自分の妻を人身御供《ひとみごくう》のように、室口の歓心を買うために提供しているのではあるまいか――。

（まさか――）と否定する気持ちと、（そうか――）と納得したがる気持ちとが錯綜《さくそう》して、浅見は道の真ん中でたじろいだ。

さっき、西日本総合開発の下岡が、「笹倉県議にはお嬢さんはいない」と笑った時に見せた、あの一瞬の動揺も、この憶測と思い合わせると、意味のあることになる。第一、笹倉県議に令嬢がいないことを言いながら、夫人が「娘のように」若いことを伏せているのは、大いに怪しい。

室口が下岡の言うように、女性問題ぐらいでオタオタするような人間ではないとしても、相手が笹倉県議夫人ということになると、話が違う。ことは単なる不倫問題ではなく、夫人を取り引き材料に使った汚《けが》らわしい汚職事件に発展しかねない。もしそうだとすれば、いくら室口でも「相手にしない」というわけにはいかなくなるだろう。

しかし、かりに想像が当たっていたとして、それを夏井康子が目撃したとして、いったい何が起こりうるだろうか。

「面白いものを見た……」という、少し不愉快だが野次馬的な感想があって、それから康子はどう行動したのだろう。

考えられるのは二つ——。

一つは恐喝だ。不倫の当事者である室口と笹倉夫人を脅す。あるいは、脅すつもりはなくても、その話をしただけで、相手には脅されたという恐怖感を与えたかもしれない。

もう一つはタレ込みだ。笹倉かあるいは室口夫人かに不倫の事実を告げる。

しかし、その結果として消されたのであるなら、常識的に考えて、それは前者のケースだろう。恐喝された（と思った）室口が、手っとり早い決着のつけ方として、康子を始末した可能性は十分考えられる。

だとすると、康子が「自殺」した日の夕刻、現場付近で目撃された「紺色のコートの女性」は笹倉夫人ということになる。

（あの楚々とした女性が——）と、またしても、浅見は、心理的抵抗を抱いてしまう。

そういえば、あの津山のホテルで会った夜も、彼女は室口と密《ひそ》かに会うために、あのホテルにいたのだろうか。

夏井康子の「自殺」の時の笹倉夫人のアリバイはどうなっているのか？

室口はどこにいたのか？

笹倉は？

それらの謎や疑惑をどうすれば解きあかすことができるのか——。浅見は捜査権のない無力感をひしひしと味わった。室口はもちろん、笹倉だって、ノコノコと訪ねて行けば、ケンもホロロに弾き飛ばされるのは目に見えている。肝心の警察がまったく動いてくれそうにないことと、警察を動かすに足る材料や証拠がこっちに、まるっきりないことが情けない。

こうなったら、弱いところを衝いてゆくしか方策がないか——と、浅見は不本意な選択をせざるをえなかった。弱いところとは、もちろん笹倉夫人である。

幸い、県議会は本会議が開会中で笹倉県議は留守のはずだ。浅見は勇をふるって笹倉家を訪問することにした。

門のインターホンのボタンを押すと、しばらく間があって、女性の声が「はい」と言った。少しくぐもったような感じだが、昨夜の「もう死んでしまいたい」の声の主に間違いなさそうだ。

「東京の『旅と歴史』という雑誌社の者ですが、奥様にインタビューをお願いしたいと思い

「知りません、失礼します」

歩いて行かれたでしょう」

「いえ、ちゃんと目撃者もおります。紺色のフードつきコートを着て、雑木林の山のほうへ
「そんなところ、行ってません。何か勘違いしていらっしゃるのとちがいますか？」

チを切ったのか——と思った時、低い声が聞こえた。

ほんの数秒、インターホンの向こう側の笹倉夫人の気配が消えたような気がした。スイッ
「そんなはずはないと思いますが。ほら、あの大雪の日ですよ」

「えっ……いいえ、行ってません」

「しかし、奥様も先日、玉島の音大建設予定地に行かれたのではありませんか？」

「それは主人でないと分かりませんけど」

「倉敷の西部地域に総合芸術大学を作る計画についてですが」

「私にですか？　あの、どういったことでしょうか？」

「いえ、ご主人ではなく、奥様にお話をうかがいたいのです」

守ですので」と断られた。

われながら、ずいぶん唐突で図々《ずうずう》しい申し出だと思ったが、案の定、「ただいま主人が留
まして、お邪魔しました」

今度こそスイッチが切られた。しかし反応はあった——と浅見は思った。さっきの短い沈黙は彼女が動揺した証拠だ。

さて——と、浅見は笹倉家から少し離れたところまでゆっくり歩きながら、いま笹倉夫人が何を考え、どう行動しようとしているかを推測した。

浅見の脳裏に映る笹倉夫人は、いま、電話にしがみついて室口にことの次第を報告している。室口は当然、「うろたえるな」と叱《しか》るだろう。どこの馬の骨とも分からぬやつが、証拠もなしに何を言おうと、相手にすることはない——と。

しかしそれはあくまでも男の——それも室口のような老獪《ろうかい》な自信家の論理なのであって、若い繊細な女性にとっては、たとえ脅しにすぎないと分かっていても、無視することなどできるはずがない。

何しろ、相手は大雪の日の「出来事」を知っているらしい口ぶりなのだ。紺色のコートを着て、フードで顔を隠して、暮れなずむ細道を歩いていた——その情景を思い出すだけでも恐ろしいのに、それを第三者に目撃されていたとなると、その恐怖は現実問題になってくる。警察、刑事、手錠、マスコミ、刑務所、絞首台……さまざまな想像や幻覚が襲いかかることだろう。

さて、どう動くか——。

とりあえず石を投げてはみたものの、はたして波紋が広がるのか、どう進展するのか、浅見はまったく自信がなかった。あとは笹倉夫人の出方を待っているよりほかに方法がない。それによって室口が動くのか動かないのか。もし動くとしたら——。

ふと、胸の痛むような想いが湧いた。何か取り返しのつかない軽率なことをしたのではないかという不安である。不吉な予感といってもいい。浅見は立ち止まり、笹倉家の屋根を振り返った。

第四章　夜の訪問者

1

岡山県議会本会議は笹倉議員の一般質問の途中から、険悪な様相を呈した。当初、予定された笹倉の質問内容は「岡山県教育行政の現状に対する見解と問題提起」というものだったのだが、その中で、笹倉は突然、倉敷市議会が津山音楽大学誘致と、それに伴う百億円にのぼる補助金の予算計上を議決した問題を採り上げた。

「私自身、同大学の後援者として名を連ねておるものでありますが、聞くところによりますと、誘致・移転の是非はともかくといたしまして、巨額の補助金出費および、それ以外の多くの便宜を倉敷市が行うに到《いた》った背景には、何らかの不正があるのではないかという疑惑が持たれておるようであります。一方には、倉敷市西部地域に音楽大学を含む総合芸術大学を建設する計画も提出されておるわけでありまして、こっちのほうが、単一の音楽大学を建設するよりは将来性としても明らかに有意義ではないかという意見があることも事実であります。それにもかかわらず、なぜこの計画のほうは検討されないまま、音大の移転が急遽《きゅうきょ》決定するに到ったのか、市民の中には疑問を抱く方々が大勢おられるやに聞いております。そういったところから不正に対する疑惑が囁《ささや》かれておるものとも考えられるわけですが、現実に、疑惑を裏付けるような資料も若干、入手していないわけではありません。これが間違いであって、噂《うわさ》は単なる噂にすぎないのであれば幸いですが、いずれにしても真偽のほどは明らかにすべきでありましょう。県当局としては、これらの事実関係を把握しているのか否か、また今後、調査の意志がおありなのかどうかを伺いたいものであります」

がぜん、議場は騒然とした。もちろん、津山市や倉敷市を地盤とする議員からは「何をえかげんなことを言うとるんじゃ」という罵声《ばせい》や怒声が上がったが、それにまじって、「ほんまに資料があるんかのう?」という囁きも聞こえた。それほどに唐突な爆弾質問であった。

答弁に立った知事は、その部分についてはまったく知らないと答え、「そのような事実はないと思います」と否定的見解を示すのみで、あとは教育長に代弁させたが、教育長も「寡聞《かぶん》にして――」と、額に汗を滲《にじ》ませただけだ。

結局、今後事実関係を調査するということでその場は収まったが、与党議員である笹倉の思いもかけぬ爆弾質問は、議会を飛び出して市民のあいだにも伝わるにちがいない。明日の新聞紙面を賑《にぎ》わすだろう。これはただではすまない——と誰もが思った。

音大移転の旗振りが、保守党反主流派の代議士であることはよく知られている。それに対して総合芸術大学構想を動かしている張本人は主流派の有力代議士だ。

これまではその両陣営のどちらにも属さない洞ケ峠《ほらがとうげ》を決め込んでいた笹倉県議だが、この爆弾質問によって旗幟《きし》を鮮明にしたことになる。小選挙区制実施に伴う地盤の区域割が変わるのに伴い、岡山県の政界地図が一変するといわれる中で、陣取り合戦、引き抜き合戦がいよいよ始まった——というのが大方の見方であった。

議場を出た笹倉には報道陣が群がった。いまや笹倉は話題の中心人物だ。記者たちから浴びせかけられる質問の雨に、笹倉は両手を交差させ「だめだめ、ノーコメント」と応じ、ご機嫌な笑顔を見せていた。

控室に戻ると、秘書が「室口社長からお電話で、至急、お電話をくださいとのことです」と移動電話を差し出した。笹倉は人気のない小会議室に行って、西日本総合開発の社長室に電話した。

電話に出た室口は、いきなり不愉快そうに「妙な男が来た」と言った。

「東京の雑誌社の男じゃけど、倉敷西部地域開発のことについて聞きたいいうて言いながら、下岡にあんたのヨメさんのことを持ち出しよったそうじゃ」

「えっ、克子《かつこ》のことをですか？……」

「ああ、間違えてお嬢さんとか言うとったそうじゃけえ、あんまり詳しゅうは知らんようじゃけど、何にしても気分はようないな。いったいどうなっとるんじゃ」

「さあ、どういうことなのか……」

「なんじゃあ、はっきりせんのォ。どっちみちあんたのところに行くかもしれんけどなあ」

「それで、そいつの目的は何なのですか？　金ですか？」

「いや、下岡の話じゃと金じゃあないらしい。ま、とにかく面倒なことにならんうちに、片をつけるこっちゃな」

室口は言うだけ言うと、笹倉の返事も待たずに電話を切った。室口の性癖からいうと、もはやこの問題についての最終決定を下したつもりなのだろう。

笹倉は電話を握ったまま、しばらく壁に向かって佇《たたず》んでいた。それから思い直して、数字のボタンを押した。

克子は留守らしい。虚《むな》しくベルが鳴るのを聞きながら、笹倉はしだいに不安がつのってきた。克子がどこか遠いところへ行ってしまうような不吉な予感が、しだいに大きく膨らんでいった。

事務所に寄る予定を変更し、笹倉は秘書に送らせて真っ直《す》ぐ帰宅した。門の前に車を停《と》めると、秘書はいつもどおりに降りて笹倉のためにドアを開け、インターホンのボタンを押した。

応答はなかった。「お留守でしょうか？」と、秘書は笹倉の機嫌を窺《うかが》うように、背をかがめて訊《き》いた。笹倉は「ええから帰れや」と顎《あご》をしゃくって言った。

車が行ってしまうのを見届けてから、笹倉はもう一度インターホンのボタンを押した。やはり何の応答もない。自分で鍵《かぎ》を開けて門を入ろうとした時、背後から「笹倉先生ですか？」と声がかかった。

白っぽいブルゾン姿の、背のすらっとした、青年――というには少し大人びた感じの男が立っていた。

「こういう者ですが」

無意識に身構えた笹倉に、男は無造作に名刺を突き出した。『旅と歴史』編集部　浅見光彦――とある。

浅見の後ろを近所の主婦が二人連れで通りがかり、笹倉に挨拶《あいさつ》して行った。笹倉は「やあ、どうも、こんにちは」と笑顔で手を上げ、彼女たちが遠ざかるのを待って、少し胸を張りぎみにして言った。

「あんたかな、さっき室口先生の会社を訪ねて行ったいうのは」

「ええ、一時間ほど前にお邪魔したのですが、室口社長はご不在でしたので、笹倉先生に話をお聞きしようと思いまして……」

「私に何の話なら」

「総合芸術大学構想についてですね……」

「そねえなもん」と笹倉は浅見を制した。

「あんたに話すことは何もない。それよりあんた、何の目的があるんか知らんけど、私の家内がどうしたとか、脅すようなことを言うたそうじゃないか」

「いや、脅すなんてとんでもない。それに、僕は笹倉先生の奥様と言ったのではなく、お嬢さんと申し上げたのです」

「ふん、それは皮肉かな。若い女を貰《もろ》うちゃいけない法律でもあるんかい」

「いえ、奥様があまりにお若いので単純に勘違いしていただけです。ほんのひと目お会いしただけですが、本当にお若いおきれいな奥様で、むしろ羨《うらや》ましいかぎりです。僕などはいまだに独り者の居候《いそうろう》ですから」

「あんた、家内に会《お》うたんか？」

笹倉はつい語気を荒らげた。

「何も分からん家内に、いったい何を言うたんじゃい？」

「ここでは何ですので……」

浅見は周囲を見回して言った。

「ん？」と、笹倉もさすがに自己抑制して、「まあ、中に入りんさい」と門に隙間《すきま》を作ってやった。

ガレージのシャッターの隙間から覗《のぞ》くと、車がない。玄関も鍵がかかっていた。家の中にも克子の気配はなかった。

「奥様はお出かけのご様子ですね」

浅見は奥に向かって耳を欹《そばだ》てるような恰好《かっこう》をして言った。どういうつもりか、ずいぶん心配そうな表情である。

心配なのはこっちだ――と、笹倉は不安を通り越して無性に腹が立った。浅見を応接間に通すなり、言った。

「いったい、あんた、家内に何を言うたんじゃ？」

「じつは、このあいだの大雪の日の夕方のことをお訊きしたのです」

「大雪の日？　それがどねえしたんじゃ」

「大雪の日の夕方、奥様を新倉敷駅の近くで見たという人がいまして」

「新倉敷駅？」

「はあ、新倉敷駅の北側の、津山音大の移転予定地です」

「音大の移転予定地？……そんなところへ家内が行くはずがないじゃろ。第一、あの大雪の中を」

「ところが、どういうわけか、行くはずのないところで、奥様を目撃した人間がいるというので、その真偽のほどをお聞きしたかったのです」

「あほらしい。そねえなことを家内に聞いても、何も知らんのじゃけえ、どうしようもないじゃろうが」

「奥様もそうおっしゃいました。しかし、室口さんにお訊きしたくても、なかなかお目にかかることができませんので」

「そうそう、その室口さんじゃった。そこになんで室口社長が出てこにゃならんのなら？」

「奥様が行かれたあと、その同じ場所に室口さんが行ったと考えられるのです」

「ふーん、室口さんがのう……じゃけどあんた、室口さんにしろ家内にしろ、いったいそねえなところに何をしに行った言うとるんじゃ？」

「その大雪の降った翌日、新倉敷駅近くの小山で、女性の死体が発見されたのをご存じありませんか？」

「ああ、そういうことがあったそうじゃな。たしか自殺じゃとか、新聞に出とった……ん？　そうするとあんた、まさか、その自殺に室口さんや家内が関係があるとでも思うとるんと違うじゃろうな？」

「いえ、そのまさかです。それに、あれは自殺なんかではなく、殺された疑いがあると僕は思っています」

重大なことをすまし顔で言う浅見の顔を、笹倉は呆《あき》れぎみに眺めていたが、じきに笑いだした。

「あははは、あほらしい。何を言うとることやら。あんたなあ、よう調べてから物を言うほうがええで。その大雪の日じゃったら、室口さんは東京に泊まっとられたがな」

これは浅見の意表を衝《つ》いたらしい。「えっ、東京にですか？」と、信じられない目になった。

「ああそうじゃ。その前の日から東京に泊まられて、大雪の翌日は岡山空港が閉鎖されて飛行機は飛ばん、列車は遅れる、車は走らんいうので、えらい苦労されたんじゃ」

「本当ですか？」

「嘘《うそ》を言うてもしようがないじゃろ」

「しかし、笹倉先生はそのことをどうしてご存じなのですか？」

「どうしてもこうしても、東京には私が一緒に行ったんじゃけえ、間違いないわ。前の日の夕方の飛行機で行って、次の日、文部省と国会に行って陳情をして来たんじゃ。もっとも、私のほうは一足先に帰って、その日の夜、雪が積もって列車がそろそろ動かんようになりかけた頃、夜中の十一時頃じゃったか、岡山に着いとったけどな」

「ちょっと待ってください。翌日、室口社長は笹倉先生と一緒に加茂《かも》町に行かれたのではありませんか？」

「そうじゃよ。ほんまは室口さんは朝のうちに戻られて、私が空港に迎えに行って、車で加茂町へ行くことになっとったんじゃけど、飛行機はだめ、道路もあかんいうので、仕方がない。新幹線でなんとかかんとか辿《たど》り着かれた室口さんと岡山駅で待ち合わせて、列車で行くことになった。お陰でえろう遅れて、その夜のスケジュールまで遅れてしもうたんじゃが」

「その夜といいますと、たしか津山の料亭ですね」

「ああ、そうじゃけど……ん？　あんた、何で知っとる？」

笹倉はギョッとした。室口と加茂町へ行ったことは、室口の会社で聞いてきたのかもしれないが、あの夜、津山で音大の連中と一緒に食事をしたことを、浅見がなぜ知っているのか、これは不気味だった。

もっとも、浅見のほうもべつに勝ち誇ったような様子はない。むしろ憂鬱《ゆううつ》そうに考え込んでいる。この男のほうにも何か思惑違いがあったらしい。

二人の「悩める男」は、しばらくのあいだ無言で向かい合っていた。

「とにかく、あんた何を勘違いしたんか知らんけど、家内を脅迫するようなことを言うて、それですむと思うとるんか」

「いや、脅迫などはしていません」

「しとらん言うて、じゃけど、現実に室口さんが脅されたと受け取っとるがな。室口さんほどの人がそう思うんじゃけえ、家内が怯《おび》えたとしても当然じゃろう。あんな若い女を脅して、あんた、もし家内に何かあったら、どねえするんなら？　どう責任を取ってくれるんじゃ？」

喋《しゃべ》っているうちに、笹倉は心底、克子の身の上が心配になってきた。頭もいいし、利害得失の計算が出来て、なかなか勝気そうに見えるが、多少、エキセントリックなところのある女である。その時の雰囲気や感情の流れで、どんな突拍子もない行動に出るか不安だった。

2

笹倉に「どうするつもりか」と責められて、浅見は正直、返答に窮した。何かたいへんな間違いか錯覚を犯しているような気がしてきた。いや、事実そうらしい。

夏井康子の「自殺」の当日、新倉敷の現場に現れた紺色のコートの女性が笹倉克子だとして、彼女一人では、浅見が想定した犯行を行うことは不可能である。その共犯者——というより主犯格の人物は室口をおいてほかにない——と信じていた。

その室口が東京にいたのでは、まるで話にならない。

「犯行」の物理的な可能性だけを言うのなら、室口が部下に犯行を命じた可能性がないわけではない。たとえばあの下岡あたりが実行犯とも考えられる。

しかし、それも現実にはありえないことだろう。笹倉の言うとおりならば、室口はその前日の「夕刻の飛行機で」東京へ発《た》って、東京に二泊しているのだ。つまり、東京へ発ったその日の夜、フルートの出稽古《でげいこ》から帰る夏井康子に「面白いもの」として目撃されるチャンスはなかったのである。

しかも、問題の康子が「自殺」した日のアリバイも完璧《かんぺき》だ。夏井康子が自宅を出たのは、どんなに早くても昼頃である。その日の夕刻までのいつの時点だと仮定しても、彼女と室口との接点はありえない。康子は室口を「恐喝」しようがなかったのである。

だとすると、夏井康子が会って「恐喝」をはたらいたのは、ズバリ笹倉克子だったのだろうか。

浅見はその状況で康子の「自殺」が行われる可能性について、あらためて考えた。目の前に、いまにも怒りだしそうな顔をした笹倉を見ながら、浅見は猛烈なスピードで脳《のう》味噌《みそ》を働かせた。

「その日」の康子の行動を推定すると、次のようなものになる。


昼頃、自宅を出た。

午後一時〜三時のあいだに笹倉家を訪れ、笹倉克子と会った。（電話で呼び出し、外で会った可能性もあるが）

康子は克子を恐喝したか、あるいは恐喝と受け取られかねないことを言った。

克子は室口か、室口の代理者に連絡をして、康子殺害を決意する。

遅くとも午後四時頃までに、康子を睡眠薬で眠らせる。

午後四時頃、克子は自宅を出て新倉敷に向かう。

午後五時頃、克子は新倉敷駅を出て、康子のコートを着て「自殺」現場の小山へ行く道を歩く。

午後五時半から六時頃、克子は現場を離れ、自宅へ向かう。

午後七時、克子は自宅で康子に毒物を飲ませ、殺害する。

午後七時〜八時頃、康子に紺色のコートを着せ、車で新倉敷の現場へ運ぶ。

浅見はふと気がついた。こう考えてくると、必ずしも「共犯者」は必要としないのではないか。

（待てよ――）

笹倉克子の単独犯行――。

背筋がゾクゾクッとした。楚々《そそ》とした美人の克子が、死体を抱き上げ、必死で運ぶ姿が目の前の笹倉の顔とダブッた。

（しかし、無理だな――）

浅見はまた思い返した。死体をガレージの車に運ぶ時と、現場に遺棄する時だけとはいえ、克子のあの体格では無理だろう。康子はそれほど大柄な女性ではなかったようだが、それでも五十キロは超えていたにちがいない。それに重いコートを着ているとなると、引きずりでもしないかぎり、克子一人で運ぶのは無理だ。

大雪で、発見時の現場の状況はきわめて荒れていたそうだが、引きずった痕跡《こんせき》は靴かコートのいずれかに残っていて、いくら自殺の予見があったとしても、警察が怪しまないはずはない――。

そう思った時、笹倉の顔が意識の中で急に膨れ上がった。

「そうか……」

思わず呟《つぶや》いたので、目の前の笹倉が「ん？」とのけ反るような恰好をした。

「笹倉先生はあの大雪の日、東京から帰られたのでしたね」

浅見は訊いた。

「ああ、そうじゃ。さっき、そう言うたじゃろうが」

「お帰りは何時頃でした？」

「列車が遅れたので……十一時に近かったんとちがうかな」

「間違いありませんか？」

「間違いじゃと……あんた、何を疑《うたご》うとるんじゃ？」

「いえ、もしかして、八時頃に戻られたのではないかと思いまして」

「八時？　何で八時なんじゃ？」

「東京からはどなたかご一緒された方がいらっしゃるのですか？」

「いいや、私一人じゃったで」

「それを証明できますか？」

「証明いうて……何を言うとるんなら？　そんなもん、何でこの私が証明せにゃならんのじや？　いったいあんた、何を考えとるんなら？」

笹倉の目が、しだいに憤怒《ふんぬ》の色を帯びてきた。浅見は無意識に脚の両脇《わき》で拳《こぶし》を握りしめていた。

「もし証明できないとなると」と、浅見は笹倉に襲われた時には、いつでも避けられるよう、心の準備をしながら、言った。

「笹倉先生のアリバイは難しいことになりかねません」

「アリバイ？　私が？……」

笹倉は大きく口を開けて、浅見の顔をまじまじと見つめた。いまにも怒鳴り声か鉄拳《てっけん》が飛んでくるかと思ったが、その代わりに笑いだした。

「あははは、そうか、あんたこの私がそのなんとかいう女性を殺して、新倉敷の現場に死体遺棄に行ったとでも思うとるんじゃな。それでアリバイなどと……あほらしい。第一、私が何でその女を殺さにゃならんのじゃ。アリバイもくそも……そうじゃな、アリバイならなんぼでもある。岡山駅に事務所のやつが迎えに出とったし、それに駅長にも会うた。ほかにも顔見知りが何人もおったはずじゃ。じゃけどな、そんなことはどうでもええんじゃ。あんたがうちの家内を脅したいう事実は許すわけにいかん。とっとと消え失《う》せるか、それとも警察を呼ぶか？」

「はあ、警察をお呼びになるならどうぞご遠慮なく」

「なんじゃと？……ほう、ええ度胸をしてるじゃあないか。じゃけどそれはやめとこう。警察が出入りするのは、私も好まんのでな。なんぼこっちが正義の味方じゃいうても、警察沙《さ》汰《た》になると何を言われるか知れん。世の中いうのはそういうもんじゃ。人気商売のつらいところかのう」

笹倉は立ち上がり、ドアを指さして「出て行ってくれ」と怒鳴った。

「奥様は」と、浅見はソファーに座ったままで言った。

「奥様はどこへ行かれたのでしょうか？」

「そんなもん、あんたの知ったことか……じゃけど、いや、そうじゃあないか、あんたの責任かもしれんな」

笹倉は不安で顔が歪《ゆが》んだ。若い美しい妻の問題となると、虚勢を張っている余裕もなくなるらしい。

「もしも家内に万一のことでもあったら、あんたを生かしちゃあおかんからな。そのつもりでおれえよ」

脅しでなく本気だと浅見は思った。笹倉の血走った目は、ことと次第によっては殺人を犯しかねない凶暴さを感じさせるに十分だった。

とはいうものの、笹倉夫人がいなくなったことについては、浅見も気掛かりでないことはない。インターホンを通じての短い会話だったけれど、夫人の怯えようはこっちに伝わってきた。その直後、浅見が笹倉家の前を離れたごく短いあいだに、慌しく家を出ているのは、いかにも「取る物も取りあえず」という印象だ。

もし夫人が夏井康子の殺害に関《かか》わっていたとすると、怪しげな雑誌社の人間が現れて「大雪の日に新倉敷の現場へ行ったことについてインタビューをしたい」などと言われたら、震え上がらずにはいられなかっただろう。

（それから、彼女はどうしただろう？——）と、浅見も笹倉と同じように、不安がつのってきた。

「奥様はどこへいらっしゃったのか、心当たりはありませんか？」

もう一度、さっきの質問を繰り返した。今度は笹倉も「あんたの知ったことか」とは言わなかった。

「ああ、そうじゃなあ……どこへ行ったもんじゃろ……」

視線をキョロキョロと動かして、あれこれと妻の行方を模索する様子だ。

「失礼ですが、ご結婚はいつ頃されたのですか？」

「ん？……」

浅見の突拍子もない質問に、笹倉は驚いた顔を向けてしばらく浅見を見つめてから、怒ったように言った。

「何でそんなこと、訊くんじゃ？　あんた、わしをばかにしとるんか？」

「いえ、そういう意味ではなく、奥様がどこへいらっしゃったのかを推測する上の参考までにお聞きしたのです」

「そんなもん……家内はあれじゃろ、どこぞへ買い物にでも出かけたんじゃろ……いや、そうじゃけど、あんた、いつ結婚したかいうんと、家内が出かけたいうんとどねえな関係がある言うんかね？」

「はあ、しかし、お気を悪くされるといけませんので……」

「気を悪ういうて、そんなもん、とうに気を悪うしとるがな。どういう意味でそねえなことを言うんか、それを言うてみい言うとるんじゃ」

笹倉の目は充血して、黄色く濁っている。明らかに尋常な精神状態ではなくなってきているにちがいない。笹倉がそれほどまでに夫人の身を心配する——ということに、浅見はむしろ感動すら覚えた。

「奥様はずいぶんとお若いようですし、それにじつにお美しい方です。失礼ながら、笹倉さんとご結婚されたことについては、何かよほどのロマンスか、ひょっとすると特別な事情があったのか——などと下司《げす》の勘繰りをしてしまうのですが」

「あかんかね。若《わこ》うて美人のカミさんをもろうて、文句があるんか」

「いえ、ですからそういう意味ではなく、純粋に単なる疑問といいますか、興味といいますか、謎《なぞ》といいますか……もしかすると、そのことが何か……」

「要するにあんた、こう言いたいんか？　家内に昔の恋人がおってじゃな、その男のところへ行ってしもうたとか、そねえなことを言いたいんか？」

「はあ、もしかすると、ではありますが」

笹倉は赤鬼のような物凄《ものすご》い形相で椅子《いす》から立ち上がった。殴られるかな——と思ったが、そうではなく、笹倉はそのまま尻《しり》から落ちるように座り直して、「ふーっ」と大きくため息をついた。

「あんたの言うとおりじゃ」

苦渋を絞り出すような声で言った。

「正直なところ、わしは家内にだけは弱い。惚《ほ》れた弱みいうけど、まさにそれじゃな。美人で若い……いや、これはのろけで言うとるんじゃないで、そねえなヨメさんをもらうとじゃなあ……いや、あんたはまだ若いからええけど、それなりにいろいろ苦労があるんじゃ。とくに、このわしの場合には、な……」

笹倉はつらそうに俯《うつむ》いた。最後の言葉の意味がちょっと気になった。若くて美人のヨメさんをもらえば、さぞかし苦労が多いだろうことは推測に難くないが、そればかりではなく、「とくにこのわしの場合――」という、何か特別な理由のあることを、笹倉は自ら認めているのだ。

「笹倉先生はまさか、初婚ではないのでしょうね？」

浅見は外科医が患部にメスを入れるようなことを訊いてみた。

「はは、まさかな……」

笹倉は力のない笑い方をして、首を横に振った。

「二度目じゃがな、二度目……前の家内は死にました」

「そうだったのですか」

浅見は小さく頭を下げてから、「死因は何ですか？」と言った。せっかく治りかけた傷口を開くようなものだが、今度も笹倉は怒らなかった。

「自殺ですがな、自殺……」

憮然《ぶぜん》としてそう言った。

「自殺？……」

浅見は頭から血が引いてゆくような気分であった。

「自殺といいますと、まさかいまの奥様のことが原因とか？……」

「いや、それはない。それはありません」

笹倉は言下に否定した。

「前の家内は克子のことは知らんかったけえなあ。いや、絶対に知らんかったです。原因はノイローゼ。子供がでけんのを気に病《や》むようなとこがあって、若い頃からずっと精神的に不安定じゃったが、私が政治をやるようになってから、やっぱし神経を使いすぎたんじゃろうなあ。可哀相《かわいそう》なことをしました」

「服毒死、でしょうか？」

浅見はまた残酷な質問を投げた。さすがに笹倉は顔をしかめたが、「そうじゃ、詳しいことは知らんけど、何やら青酸性の毒物じゃいうことでしたで」と言った。

「そんなものを、どこから入手されたのでしょうか？」

「それは分からんけえど」

「新倉敷の山で死んだ夏井康子さんも、青酸性の毒物による服毒死でした」

「あ、そうかね……」

笹倉は、何気なく相槌《あいづち》を打ってから、ふと気づいて、ギョロリと眼を剝《む》いて、浅見を睨《にら》んだ。

「ん？　じゃけど、それが何か、家内が死んだんと関係でもあるいうんかな」

「さあ、それは分かりません」

「分からん？　分からんとはどねえな意味じゃ？」

「いえ、深い意味はありません。単純に分からないから分からないと申し上げただけですので」

「じゃけど、そねえな言い方をすりゃあ、あたかも関係があるがごとくに聞こえるんと違うか」

「はあ、そうなのですか」

「そうなのですかじゃと？……気に入らんな、その言い方はますます気に入らん。あんた、はっきり言うたらどうじゃ。わしが、克子を嫁にするために家内を殺したと疑《うたご》うとると。そうじゃないんか？　それとも、夏井康子とかいうその女の子を殺したと思うとったんか？」

「………」

「ふん、何も言えんじゃろうが。そんなもん、みんなはずれじゃいうことが分かったじゃろが。分かったらさっさと帰ってくれ」

今度こそは本気で追い出すつもりだ。浅見も一言の反論もしないで立ち上がった。実際、反論の余地がなかった。しかし、玄関に出た最後のところで踏み止《とど》まった。

「そうそう、肝心なことをお聞きするのを忘れていました。笹倉先生は津山音大の後援者でありながら、今度の総合芸術大学構想の推進者でもあるわけですね。それは音大に対する裏切り行為になると思うのですが、どのようにお考えですか？」

笹倉もそれを無視するわけにいかないと判断したらしい。あるいは、こういう機会にでも、自説を述べておかないと気のすまない、政治家特有の本能がはたらいたのかもしれない。少し演説口調になって言った。

「そんなもん、裏切りでも何でもない、正しい思うからやっとることじゃ。どうせ作るんじゃったら、音大単独より総合芸術大学にしたほうが、岡山県の後々のためになんぼええかしれんじゃろうが。音大は総合芸術大学構想の中で発展的に解消するいうだけで、その精神は立派に受け継がれる。まったく消えてしまうわけではないんじゃ」

「それはしかし、推進派の側の論理であって、音大側からすれば理不尽なものと受け取られるのではないでしょうか。僕が巷《ちまた》で拾ってきたところによると、笹倉先生は次期選挙で保守党の公認を取るために、保守党主流派に寝返ったのではないか。あるいは、倉敷市西部地域開発を狙《ねら》う西日本総合開発の室口氏に取り込まれたのだというのが、もっぱらの噂でした」

「ははは、そんなもん、どねえな噂を立てられようと、たかが雑音ぐらいでオタオタするようなもんじゃないがな」

笹倉は一笑に付して、玄関のドアを真っ直ぐに指し示した。

「もう一つ、不愉快な噂を耳にしました」

浅見は執拗《しつよう》に、最後の切り札を使った。

「なんでも、笹倉先生は、室口社長の援助を仰ぐために、奥様を室口氏に提供しているという……」

「何じゃと？……」

嚙《か》みつきそうな口から、掠《かす》れた怒鳴り声が迸《ほとばし》って、浅見の言葉を遮った。

これほどの驚愕《きょうがく》を、浅見はかつて見たことがなかった。笹倉は顔面から血の気を失って、おそらく無意識になのだろう、誰もいるはずのない冷え冷えとした玄関を、恐怖と怒りに引きつった目で見回した。

「き、貴様、誰にそねえなことを聞いて……そねえなことを言い触らすつもりか！」

「いいえ」

浅見は首を振り、笹倉と対照的に、静かに言った。

「僕はただ、本当のことを知りたかっただけです。それだけです」

じっと笹倉の顔を見つめてから、黙って一礼して、浅見は玄関のドアを開けた。

3

笹倉のあの反応はただごととは思えなかった。やはり浅見の直観どおり、笹倉夫人と室口社長とは、笹倉の公認の「関係」なのだろうか。

「いやだ、いやだ……」

浅見は笹倉家から遠ざかりながら、思わず呟いた。通りすがりの近所の主婦らしい女性が、気味悪そうな目をこっちに向けた。

それにしても、あの笹倉夫人が――という否定的な気持ちも一方にはある。

浅見の脳裏には、津山で見た笹倉夫人のことが焼きついて離れない。国際ホテルで見た時のこともだが、城跡の鶴山《かくざん》公園で、いずことも知れぬ方角に向けて手を合わせて祈っていた、あの姿が鮮烈な印象を残している。そういえば、あの時、いったい彼女は、どこに向けて、誰のために祈ったのだろうか？

あんなふうに、どこの誰にとも知れぬ祈りを捧《ささ》げていたことを、夫である笹倉は知っているのだろうか？

そういえば、そもそもあの夜、笹倉は最愛の夫人をホテルのラウンジなんかに放《ほう》っておいて、どこで何をしていたのだろう。

ふっと、何の気なしに湧《わ》いたような疑問だが、浅見は妙にそのことに心を捕らわれた。このこだわりは何だ？——と、自分の胸に疚《やま》しい意図がないか確かめてみる。本沢《ほんざわ》千恵子が的外れな嫉妬《しっと》を抱くのもどうかと思うが、もしかすると、あの笹倉夫人の妖《あや》しげな美しさに魅《ひ》かれて、ありもしない妄想を創《つく》り出しているのかもしれない。

しかし、自分の胸の奥を覗いても、どうやら邪《よこしま》な目的はなさそうだ。

浅見は公衆電話を見つけて、笹倉家に電話をかけた。ベルの音を二度聞いて、すぐに相手が出た。

「はい、笹倉です」

気負い込んだような笹倉の声だ。電話を待ち受けていたにちがいない。

「あ、さっきの浅見です」というと、「なんじゃ、あんたか」と、露骨に落胆した声になった。しかし、最前の怒りは消えてしまった様子だ。この際は、怒りよりも不安のほうが勝っているのだろうか。

「奥様からは、まだ連絡がありませんね」

「ああ、まだじゃ。何か用かな？」

「ちょっとつかぬことを伺いますが、一昨日の晩は笹倉先生はどちらにいらっしゃいましたか？」

「一昨日？　またアリバイかな？」

「いえ、そうではありませんが」

「まあ何を聞きたいんか知らんけど、どうでもええで。一昨日は東京におったけえなあ。文部省の陳情をやって、昨日の朝、本会議に間に合うように戻ってきた。どうじゃ、それで文句あるかな？」

「奥様もご一緒でしたか？」

「ん？　いや、家内は家におったけど……おい、あんた、何を言いたいんじゃ？　ひょっとしたら、何か知っとるんじゃないんか？」

「その日はやはり、室口社長も東京だったのですか？」

「いや違う……じゃけど、あんたが邪推しとるようなこととは、それは違うで。室口さんはお宅におられたけえなあ」

「えっ、連絡されたのですか？」

「ああ、夜電話した。陳情結果の報告もあったし……」

その後の言葉を待ったが、中途半端のまま、笹倉は黙った。「陳情結果の報告もあったし……」と言ったからには、ほかの目的もあったことが想像される。

「笹倉先生のご自宅にもお電話されたのでしょうね？」

「ん？　ああ、いや、電話はせんで。家内は不眠症なもんで、睡眠薬を使うとる。寝ついた頃に起こしちゃあ気の毒じゃけえな」

笹倉はそう言うが、電話はしたのだ——と浅見は思った。電話はしたが留守だった。だから、大して緊急でもない「報告」を室口にして、様子を探ったにちがいない。だとすると、笹倉はその夜、夫人が津山にいたことを知らないことになる。

「室口社長のお宅に電話したのは、何時頃でしたか？」

「そうじゃな、九時か十時か、そんなもんじゃったな」

「九時ですか、十時ですか？」

「それは……あんた、何を言いたいんじゃ？　何時に電話しようと、そんなもんわしの勝手じゃろうが」

「いいえ、九時と十時では大きな差があります。一時間も違えば、ずいぶん遠くまで行けるでしょうからね」

「遠くへ行ける？……それはどういう意味じゃ？」

「たとえば、津山まで車を飛ばすと、どのくらいで行けますか？」

「津山？……」

凍りついたように、笹倉の言葉が途切れた。何か思い当たることがあったらしい手応《てごた》えを感じた。かなり長い沈黙だったが、電話が切れたのでないことは、闇《やみ》の向こうのかすかな気配で分かる。浅見は辛抱強く笹倉の言葉が出るのを待った。

「あんた」と笹倉の陰気な声が流れ出た。

「何を知っとる？」

この短い問いかけに、浅見は戸惑った。浅見の予想していたパターンのどれにも当てはまらない反応だった。もっとも単純率直な答え方としては、「そうじゃな、津山までじゃったら、一時間か一時間半か……」といったものだ。それとも、勘よく「あんた、津山で家内を見たんか？」と訊かれるかとも思っていた。

「何を知っとる？」という問いかけは、こっちの手の内を探るには、もっとも含蓄《がんちく》のある質問の仕方といえる。しかし、それと同時に、笹倉が最大の警戒心を抱いたことを暗示するものでもあった。笹倉は明らかに、浅見が持っている「手札」の中身を警戒し、しかも怯えているのだ。

(何を警戒する必要があるのだろう？——)

浅見はそのことのほうに神経と興味が集中した。笹倉はいったい、浅見の質問をどういう意味に受け取ったのだろう？

浅見が笹倉に「津山まで車でどのくらいか？」と訊いたのは、単純に、室口が笹倉の電話の後、自宅を出て津山へ向かったとしたら、いったい何時頃津山国際ホテルに到着するものか、そのことを確かめたかっただけだ。笹倉夫人がフロントに電話を告げられたのは、室口からのその連絡だったかもしれないと思ったのである。

ところが笹倉の反応は、予測したものとはまるで異質だった。いきなり「何を知っとる？」ときた。

（なぜだろう？――）

浅見は、笹倉のその問い返しが出てくるに到る思考経路を逆に辿った。電話回線の向こう側にいる笹倉の、暗黒の頭脳の中をまさぐって、結局、浅見自身が投げかけた質問の入口まで抜けて、答えは得られなかった。

――津山まで、車で飛ばしてどのくらいかかりますか？

――あんた、何を知っとる？

この二つの「質問」はどこでどう噛み合うのだろう？　笹倉の頭脳にインプットされた浅見の単純素朴な質問が、思考回路の中でどう変質すれば、笹倉の質問となってアウトプットされるのだろう。

――津山まで、車で飛ばして……。

そのフレーズを早送りのテープを回すように何度となく繰り返しているうちに、二つの単語が残像のように見えていた。

——津山——

——車——

そうか、「津山まで車で」だ……と浅見は心の中で叫んだ。

その着想に辿り着くまでには、ものの十秒もかかっていなかったが、浅見は一時間ものの長さに感じた。もしかすると、電話は切れたか——と思いながら「もしもし」と言うと、陰気な声が「ああ」と答えた。

「何を知っているかを言えば」と、浅見は慎重に言葉を選んで、言った。

「笹倉先生は僕を放ってはおかないのでしょうね」

こっちの手札をさらけ出さずに、テキの出方を探る。

「そんなことはない、どうするかはあんた次第じゃな」

笹倉も用心深い胴元のように、相手のカードに探りを入れている。もはや賭《か》けに出るしかない——と浅見は決意した。

「車で津山まで運んだ荷物のことを言えばよろしいのでしょうか？」

「………」

手応えがあった。電話ケーブルの向こう側にいる笹倉の、歪めた顔が見えるような気がした。それはちょうど、釣り糸の先で、穴に潜む大魚が釣り針を呑《の》み込み、狼狽《ろうばい》した瞬間を思わせた。

浅見は一気に釣り竿《ざお》を立て、獲物にこっちの意志を分からせることにした。

「ごんご淵の水は冷たかったようです」

「分かった……」

呻《うめ》くように笹倉は言った。忘れてしまいたかった情景を思い出したようだ。

それから陰気な声で、「あんた、ばかに威勢がいいが、一匹狼《いっぴきおおかみ》なら?」と訊いた。

「ええ、そうですよ」

浅見がそう言うと、「ふーん……」と感心したような、安心したような唸《うな》り声を出してから言った。

「それで、なんぼ出しゃあいい」

やはりそうくるか——と、浅見に皮肉な笑みが浮かんだ。

「一千万でどうですか」

言いながら、安すぎる取り引きかな——と反省した。建設大臣が公取委を沈黙させるための謝礼として、ゼネコンからもらった金額だ。しかし、払えば払ったで、どうせ後を引くだろう——と相手に思わせるには、妥当な数字だったかもしれない。

「ええじゃろう」

案の定、笹倉は快諾した。値切るとか、駆け引きを言わないのは、払う意志のない証拠である。その辺を簡単に見透かされるようでは、この獲物、老獪《ろうかい》とはいえないなと、浅見は少し気の毒な気がした。

「明日の晩九時に、うちに来てくれ。金は用意しとく。ただし、その瞬間からあんたも一蓮《いちれん》托生《たくしょう》じゃいうことを肝に銘じといてもらわにゃならんで。いや、わしよりもたちの悪い恐喝者いうことになるか」

笹倉は引かれ者の小唄《こうた》のように言って、低く、憂鬱そうに笑った。

電話を切って、カードを引き抜きながら、浅見はしかし、勝利者の満足感を味わうどころではなかった。思いがけない進展に、むしろ戸惑うばかりだ。

笹倉が戸川健介殺害の犯人だとは、いまのいままで浅見のイメージの中にはなかったことである。戸川を殺したのは、その前提に夏井康子殺害がなければならない——と思い込んでいた。だから、康子の「自殺」事件が起きた時の笹倉のアリバイが成立する以上、意識の上で、笹倉は自動的に戸川の事件からは除外されていたのである。

笹倉がどういう経緯で、どういう動機で戸川を殺したのか？——それは新しい難問でもあった。その解答期限は明日の晩。それまでに戸川殺害の証拠を発見できるかどうかも問題だ。浅見はあらためて捜査権のない身がもどかしかった。これが警察なら、笹倉家に踏み込んで指紋を採取したり、笹倉の車のトランクから戸川の髪の毛の一本や二本、見つけ出すことができるだろう。

もっとも、それ以前に笹倉を捜査の対象にすることのほうが難しいかもしれない。口封じの一千万円まで了解していながら、笹倉はただのひと言も「戸川殺害」を認めるような言葉は出していないのだ。それを匂《にお》わせたのは浅見の側で、それも「津山まで」「車で」というのと「ごんご淵の水は冷たかった」だけである。戸川の戸の字も言っていない。かりにこっちが録音テープを回していたとしても、証拠資料にならないことを、笹倉は考えたのかもしれなかった。だとすれば、なかなかの老獪と言わざるをえない。

いったい、その笹倉がなぜ戸川を殺さなければならなかったのか——浅見はあらためて戸川の行動の軌跡を辿ってみた。

津山の「お多福」の若主人などの話によれば、戸川は一貫して康子の死を自殺とは認めていなかったという。何者かに殺されたと思い込み、彼なりの「捜査」をつづけていたのだ。康子の母親を「四度か五度」訪ね、康子がその前日、出稽古先から帰って「面白いものを見た」と言ったのを聞いている。

そこから先は、おそらく浅見がしたのと同じような行動パターンだったろう。いや、土地鑑のある戸川のことだ、浅見よりも効率的に早い時点でターゲットを絞って、国富《くにとみ》の笹倉家周辺を張り込んだにちがいない。

そうして「面白いもの」を彼も見た。笹倉夫人と室口の「不倫」の現場を見て、それが夏井康子の目撃した「面白いもの」であることを悟った。その結果、なぜ康子が殺されなければならなかったのか——までは分からないまでも、それが原因だったであろうことだけは推測できたはずだ。

夫人と室口の不倫を目撃して、それからどうしたのだろう——。

浅見は戸川のその時の心理になりきって、次なる行動の方向を見極めた。

戸川は悲しかったことだろう。思いもかけぬ恋人の「自殺」に出くわして、自分一人、それは自殺ではないと主張しても、警察はもとより、世間は哀れみはしてくれるものの、誰もまともに信じてくれようとはしない。康子の母親でさえ、「自殺ではない」と口では言いながら、娘を自殺に追い込んだ戸川の責任を責める言葉をぶつけたにちがいない。いくらそうでないと言ってみたところで、それは虚しい戯言《たわごと》のようにしか響かないのだ。戸川が焦り、急いだとしても、その軽率を責めることはできない。

浅見がそうだったように、その時点での戸川の選択肢は三つあった。一つは警察にその着想を伝えることだが、それはそれまでの警察の対応に絶望し怒っていた戸川としては、おそらく最初から問題にならなかったと考えられる。

第二の道は、笹倉夫人か室口を脅すことだ。恐喝が目的ではなく、脅すことによって新たな展開を引き起こそうとするものだが、これには危険が伴う。相手は西日本総合開発という強大な組織と、何をするか分からないヤクザまがいの人間を大勢抱え込んでいるかもしれない室口である。

結局、戸川は第三の方法を選ぶことになっただろう。常識的にはそれがもっとも賢明で穏健な道であるはずなのだ。

戸川は笹倉に会って、自分の目撃した「不倫」の現場を報告した。夏井康子もまたそれを目撃した可能性があり、そのことが康子の「自殺」に結びついたのではないか——と、熱心に説《と》いた。もし相手が若い戸川や世間の常識にあるような平凡な夫であるならば、それでよかったのだが、笹倉は違った。

笹倉にしてみれば、戸川の「ご注進」は迷惑この上もないことだったろう。笹倉にとっては室口との良好な関係を維持することが、とりもなおさず政治家としての大躍進に繫《つな》がる必《ひっ》須《す》条件なのである。しかも、現在進行中の総合芸術大学構想も含めて、すべてが順調に運びつつある。いや、順調に運ぶためにはいささかの瑕瑾《かきん》もゆるされない時期だ。ここで戸川ごときが「不倫」の事実を騒ぎ立てれば、総合芸術大学構想どころか、笹倉の政治生命そのものが絶たれてしまう。第一、醜悪きわまる恥を天下に晒《さら》すことになるではないか。

金で解決できる相手でなかったのも、笹倉にとっても戸川にとっても不幸なことであった。戸川は何よりも夏井康子の死の真相を究明することに命を賭けているのだ。

命を賭けた相手に対しては、命を奪う以外に方法はない――というのが、笹倉が思いつく唯一の選択肢だったとしても、不思議ではない。しかも、それは可及的速やかに行われなければならなかったのだろう。

そこから先、何があったのかは推測するまでもない。笹倉は戸川をクロロホルムか何かで眠らせ、深夜、車で津山まで運び、凍るような吉井川《よしい》に放り込んだのだ。

目覚めた瞬間、戸川の驚いた口は大量の水を吸い込み、肺はたちまちその機能を失ったにちがいない。戸川は死を覚悟する間もなく死んだのである。

思えば、戸川の死体が懐かしい津山音楽大学下のごんご淵に流れついたのは、彼の生への執着とも、怨念《おんねん》とも取れる。夏井康子のフルートを聴いたであろう河畔の岡《おか》に向けて差し延べた手を、河畔に垂れた倒木の枝がとらえたのは、ただの偶然ではなかったのかもしれない。

浅見はまたしても、城跡に佇む笹倉夫人の姿を思い出した。彼女が手を合わせて拝んだ先には音大下に渦を巻くごんご淵があったのだろうか。戸川の霊に祈るために、あの日、彼女は津山を訪れたのだろうか――。

「津山か……」

浅見は呟き、足を停めた。

4

津山線の列車に乗る前に、浅見はもう一度、笹倉のところに電話を入れてみた。しかし笹倉夫人からの連絡はまだなかった。おそらく飛びつくように受話器を取ったであろう笹倉は、世にも情けない声で「なんなら、またあんたか」と言った。

夫人の「失踪《しっそう》」からすでに四、五時間を経過している。「こんなふうに、無断で家を長く空《あ》けることは、過去にも例があるのですか？」と訊くと、笹倉はもはや見栄《みえ》も外聞もなく、隠す気力も喪失したように、「いや」と言った。

「はじめてじゃな。これはやっぱし、ただごとじゃあない。あんたが何を言うたんか知らんけど、克子はどねえかなってしもうたんじゃあないじゃろうか……」

愛する妻の安否を気づかう不安げな声を聞いていると、この男が戸川を殺したと考えるのは、何かの間違いではないか――と自信がなくなってくる。

暮れなずむ旭川《あさひがわ》を遡《さかのぼ》り、山間《やまあい》に入ってゆく辺りで急に夕闇が濃くなった。津山駅に降り立った時には、吉井川の対岸の町は、闇の底に星を蒔《ま》いたように、美しくも侘《わび》しげに見えた。

急な客だったが、国際ホテルに空室はたっぷりあった。『旅と歴史』をだまくらかしたので、少し奮発して、見晴らしのいいツインの部屋を取った。六階の窓からは、ほぼ正面に近く津山音楽大学の明かりが望める。

レストランで食事をして、部屋に行く前にフロントに立ち寄った。何気ない口調で「笹倉さんの奥さんはまだチェックインしていませんか？」と訊いた。フロント係は「笹倉様ですか？」と一瞬考えてから、「はい、ご到着されて、すぐにお出かけになりました」と答えた。

浅見の心臓は、初恋を知ったばかりの少年のようにときめいた。

「あ、そうなの、もう来られていたのか。何時頃でした？」

「三時半頃でしたでしょうか」

だとすると、浅見とインターホンで話して間もなく、夫人は自宅を出て津山へ向かったことになる。その狼狽ぶりが目に浮かぶようだ。理由も行く先も夫に告げる余裕もなく、ただひたすら津山へ急いだ……。大胆な予想が的中したことに満足するより、やはり津山に——という想《おも》いと、なぜに津山に——という疑問とが交錯する。

エレベーターに乗っている十秒あまりのあいだ、浅見はじっと一点を見つめ、その疑問と向き合っていた。

部屋に戻ると、カーテンを開け、津山の夜景を眺めた。この町のどこかに笹倉夫人がいるのか——と思うと、奇妙に心が騒いだ。ただ一度、このホテルで間近に見たほかは、あの「不倫」現場を目撃したのと、城跡で祈る姿を遠く望んだのと、インターホンの向こうとこっちで言葉を交《か》わしただけだが、笹倉夫人はまるで古傷の疼《うず》きのような忘れがたい印象を、浅見の胸に刻みつけた。

人を人とも思わぬような笹倉や室口に、愚かにも理性を失わせるほどの、いったいどのような魔力が、彼女にはあるのだろう。

彼女自身が望まなくても、運命のいたずらな手に弄《もてあそ》ばれるように、男たちが、事件が、彼女を必要とし、彼女もまたそれに応えずにはいられないのかもしれない。

女性について語るだけの知識を持ち合わせない浅見も、笹倉夫人の、一見楚々として美しいばかりの妖しい雰囲気を垣間見《かいまみ》て、そういう女性がこの世の中にはいるらしい——と、妙に納得できるものを感じないわけにいかなかった。

浅見はふと、本沢千恵子を想った。ヴァイオリンの英才教育を受け、ヴァイオリンひと筋、世の中の雑事には背を向けて生きてきたように見える千恵子と、笹倉夫人とを較《くら》べて眺めた。

真っ白な画用紙に真っ直ぐに引いた線と、淡い紫がかった和紙にあえかな曲線を描いたのとの違いだ――と思った。

受話器を握って、浅見は千恵子の番号をダイヤルした。「あっ、浅見さん」と、真っ直ぐな声が飛び出した。

「浅見さんて、とってもついてますよ。いま帰ってきたばかりなんです。府中の新しいホールでミニコンサートがあって、ものすごく音響効果のいいホールでね……」

ピチカートのような早口で、ひとしきり報告を聴かされて、「何かご用ですの?」と、ようやくご下問《かもん》があった。浅見はこみ上げてくる笑いを噛み殺して言った。

「いま津山にいます」

「あら、またですか?」

「ええ、少し調べたいことがあって」

「調べるって、津山音大のことですか?」

「そう、津山音楽大学移転に関わるいろいろをです。じつは、倉敷市の音大の移転予定地には、べつに総合芸術大学構想というのがあって、そこの中に音楽科の設置も盛り込まれているんですよ。そのこと本沢さん、知ってましたか?」

「いいえ、ぜんぜん。だって、それじゃ、津山音大の移転と、モロにぶつかっちゃうじゃないですか」

「そう、ずいぶん妙なっていうか、理不尽な話です。それについて本沢さんに専門的なことを聞きたいのだけど、音楽大学を創るっていうのは、そんなに簡単に出来てしまうもんですかね？」

「さあ……専門的って言われても、私になんか大学経営のことは分からないけど、でも、そんなに簡単なこととは思えませんよ。だって、まず第一に教授陣を揃《そろ》えるのからして大変でしょう。津山音大でも教授・助教授合わせると、たぶん二百人くらいになるのじゃないかしら。人数合わせだけでなく、誰でもいいっていうわけではないし。技術的なこともそうですけど、人柄だとか有名であるとか、それに人集めや学生集めの出来る、人脈を持っていることも必要でしょうしね。総合芸術大学だなんて、言うのは簡単だけど、ちょっと無理なのじゃないかなあ」

「なるほどねえ……」

その無理なことを、笹倉や室口はゴリ押しに押し通そうとしているのだ。

「津山音大から、教授陣を引き抜くっていうのはどうですかね」

「ええ、それはいちばん手っとり早いですけどね。先生方はその近くに住んでいらっしゃるのだし……でも、それはつまり、津山音大をつぶすってことになりますよ」

千恵子は翳《かげ》りのある声になった。

「まさか、浅見さん、そんなことが進行しているんじゃないのでしょう?」

「いや、それは分からない。進行しているのかもしれませんよ」

「ひどいなあ、それ。もしそんなことがあるとしたら、許せませんよ。だって、大学なんて、ふつうの会社や企業と違うでしょう。儲《もう》かるから始めるとか、そういうものじゃありませんからね。ことに芸術系の大学って、長い年月かけて培ってきた文化そのものじゃないですか。企業のヘッドハンティングみたいに、気楽に教授を引き抜いたりするのは、その文化を破壊するようなものだわ」

まさに千恵子の言うとおりだ——と、浅見は感心した。笹倉にしろ室口にしろ、企業経営の論理で総合芸術大学構想を推し進めているのだ。その彼らが会社のヘッドハンティングと同じレベルの倫理観で、教授陣の引き抜きを画策している可能性は、十分ありうることだ。

「しかし」と浅見は言った。

「もしそうだとすると、倉敷市が津山音大を引き抜くというのは、津山市が大切にしている文化的な財産を一つ、破壊することになるのじゃないかなあ」

「うーん……そう言われると、そうかもしれませんね。でも、経営のことは別問題かもしれないでしょう。文化だなんて言ってみたところで、大学そのものが破産してしまっては何にもなりませんものね」

「あなたは賢いひとだなあ……」

浅見はしみじみとした口調で言った。

「えっ、やあだ、浅見さん、それ皮肉ですか？　こんな物識《し》らずの女に」

「いや、本音ですよ。ただのヴァイオリンだけのひとではない、本当にバランス感覚のいい女性です」

「やめてくださいよ、そんな真面目《まじめ》くさって言うのは。そんなことより、今度、コンサート、聴きにきてくださいね。今度の日曜に御茶ノ水のカザルスホール。約束しましたよ」

照れて、一方的に喋って「お休みなさい」と電話を切った。

千恵子の賢さには心が洗われるような気分だが、そのことより、彼女のお陰で、浅見は総合芸術大学構想が意味する問題点や、大学創設のメカニズムがクリアになって、事件の背景が少しずつ見えてきた。とりわけ、笹倉が津山音楽大学の有力な後援者に名を連ねていることが、総合芸術大学構想の推進に欠かせない条件であるのがよく分かった。

おそらく、笹倉の「魔手」はすでに津山音楽大学内部に及んでいるのだろう。笹倉本人は当然として、笹倉夫人までがしげしげと津山を訪れている裏には、この工作が目的にあるにちがいない。

戸川健介が音大の職員であったことを思い併せると、戸川が消された理由の一つには、そういった不正を内部告発するという脅しもからんでいたのかもしれない。

あとおよそ二十四時間——笹倉と接触して最後の勝負を決するまでのタイムリミットである。

浅見はフロントに下りて行って、笹倉夫人が帰ってきたら渡してくれるように、メッセージの封筒を託した。中身は一葉の紙片にただひと言、「６０５号室にお電話ください、昼間お邪魔した雑誌社の者です」とそれだけを書いた。浅見という名前は、その気になればフロントで訊けば分かることだ。

それからいらいらするような時間が流れた。十二時近くなって、なかば諦《あきら》めかけた時、電話が鳴った。

「笹倉です」と、か細い声が聞こえた。浅見は対照的に陽気に、少し無頼な感じを加味して、言った。

「やあ、どうも、昼間は突然お邪魔して、妙なことを言って失礼しました」

「いえ……あの、どういう？」

「じつは、あの後、ご主人の笹倉先生とお宅でお目にかかりましてね、事件のことをいろいろお聞きしました。そうそう、戸川さんの死んだ事件のこともです」

「………」

「笹倉先生は何もかもお話しになったのですよ、もちろん、きわめて友好的に対処していただくことになりました」

「友好的？……」

「ええ、つまり、条約を結ぶということですね。まあ、魚心あれば水心……という、あれです。明日の晩、調印のためにお宅に伺う約束になっています。それはいいのですが、先生は奥さんがどこに行かれたのか、とても心配されていました。いえ、津山に来ていらっしゃることは、まだ先生には言ってません。ご希望とあれば内緒にしておきますが。どうしましょうか？」

「それは……そうしておいてください」

「ははは、分かりました、結構です。ただ、それについては二つだけお願いがあるのですが、聞いていただけますか？」

「……それは、どんな？」

「いや、じつに簡単なことです。一つは、明日の晩、奥さんもご一緒にお会いできるとありがたいということ。もう一つは、要するに、夏井康子さんを殺した方法なんですがね、いや、もちろんあなた一人で死体を運んだとは考えていませんよ。ところが、笹倉先生はアリバイを主張しておられるのです。戸川さんの事件はあっさり認めたのだから、いまさら隠したってしようがないのに、よほどアリバイには自信があるということでしょうね。どうせそのアリバイには何かトリックがあるに決まってます。そのトリックをひとつ教えていただけないものでしょうか」

「…………」

笹倉夫人は沈黙した。かなり長い無言だったが、浅見は辛抱づよく待った。

「あの……」と、夫人は遠慮がちに言った。「しばらく考えて、あとでお電話します」

こっちの意向を確かめもせずに、静かに電話が切れた。

浅見は「ふーっ」と吐息をついた。真剣勝負のような緊張だった。見えるはずのない電話の向こうの笹倉夫人の、ほんのかすかな表情の動きや、やる瀬なげに頰《ほお》に手を当てるポーズまでが、目の前に見えるような気がしてならなかった。

(彼女をこんなにまで苦しめていいものだろうか——)

なんだか自分が、希代《きたい》の大悪党のように思えてくる。

それからまた十分後——思ったより早く、笹倉夫人は電話をくれた。

「あの、明日の晩、私も家でお目にかかります。それから、トリックのことも、その時にお話しします」

それだけで、素っ気なく電話は切れた。

（いいのかな──）と、むしろ浅見は、あまりのあっけなさに拍子抜けした。

前の話の印象からいうと、「それは困ります」とか「トリックなど知りません」とか、少しは逃げ口上が用意されているのかと思ったのだが、これはいったいいかなることなのだろう？

電話から電話までの、十分間のあいだに何かがあったのだろうか？　彼女に心の整理をさせ、踏ん切りをつけさせた何かがあったということなのだろうか？

この同じホテルのどこかの部屋で、いま笹倉夫人は何を想うのだろう。

ベッドにもぐり込んでからも、浅見の思案はとめどなく疑惑を追いかけて、いつまでも眠りにつけないままに、夜は容赦なく、朝に向かって時を刻んだ。

第五章　早春訃《そうしゅんふ》

1

目が覚めたら九時を過ぎていた。東京の日常ではごくふつうの時間だが、浅見は慌てて飛び起きて、窓のカーテンを開けた。そうしたからといって、大して意味のあることではないが、もしかすると、笹倉夫人が出発する後ろ姿ぐらいは見られるかもしれない——などと思った。

よく晴れた眩《まぶ》しい朝であった。真南に向かう窓だ。街並みの隙間《すきま》に吉井《よしい》川の川面がところどころ、キラキラと光って見える。津山音楽大学の褐色の建物は完全にシルエットになって、まさに古城そのもののようにそそり立っていた。

チェックアウトの時に訊《き》くと、笹倉夫人は朝早く出発したそうだ。

「二列車ぐらい前ですかね？」

「いえ、お車でした」

そうか車か——と、また連想が走る。戸川を吉井川に沈めた夜も、やはり夫人が運転したのだろうか。

岡山に戻ると、浅見はまず西日本総合開発の下岡を訪ねた。アポイントなしだが、下岡はすぐに会ってくれた。むしろ現れるのを待っていたふしがあるようにさえ思えた。

「また何かアラ探しですか」

からかうように言ったが、探るような目つきから察すると、あれから浅見が何を見つけたかを、警戒している気配があった。

「笹倉県議のお嬢さんでなく、奥さんだったとは驚きました。それならそうと教えてくだされぱいいのに、下岡さんもかなり人が悪いですねえ」

「ははは、それは申し訳ない。じゃけど、あんたに何もほんまのことを教えにゃならん義理はないですけえな」

「そのことはいいのですが、しかし、若くて美人の奥さんですねえ。お嬢さんかと思っても不思議はないでしょう」

「ああ、それは確かですな。あんた、笹倉先生に会いに行ったそうじゃけど、そしたら奥さんにも会うたんですか」

「いえ、奥さんとはべつの時にお会いしました。そういえば、笹倉さんの話によると、前の奥さんは自殺されたのだそうですね」

「ほう……笹倉先生がそんなことまで話されたとは意外ですな」

「青酸カリ自殺だとか」

「ふーん、驚きましたなあ、あんたみたいな見ず知らずの人にそこまで……」

よほど驚いたらしい。たしかに浅見には人の話を聞き出す、特殊な才能があるらしいことは、浅見自身も気がついていた。べつに心理学の勉強をしたり、カウンセリングのテクニックを学んだわけでもないのだから、何か、たとえば占い師のおばさんになら何でも話せる——というような精神状態に、相手をさせてしまう気安い雰囲気が、天性、備わっているのかもしれない。

「笹倉さんは奥さんに頭が上がらないみたいですね」

浅見は面白そうに言った。

「若くて美人だからしようがないと、ご本人はのろけ半分みたいなことをおっしゃってましたが、最後にやはり、いろいろ負い目があることを洩《も》らされました。大統領夫人ではありませんが、内助の功というか外助の功というか、ああいう重要な働きをしておられる、まあ、笹倉さんにとっては重要な存在のようですね」

重要な働き——が室口との不倫を指すことはいうまでもない。下岡は苦笑した。

「ああ、まあねえ……じゃけどそれは仕方ないんじゃないですか。笹倉先生も承知の上いうか、覚悟の上でそうさせとられるんじゃけえ」

「笹倉さんは承知の上でも、奥さんが、よくそれで我慢していらっしゃいますねえ」

「ん？　ああ、それは奥さんのほうにも、それなりの事情がありますけえなあ。そうでもなけりゃあ、あんた、あれほどの美人が笹倉先生みたいな……いうたら叱《しか》られるけど、正直言うて、そなえな結婚をするはずがないでしょう。あの奥さんも過去にいろいろとなあ、苦労しとられるんですよ」

「そうでしょうねえ……」

克子夫人の生《お》い立ちや過去に、どれほどの「苦労」があったかは、ある程度裕福で、県会議員であるという以外にはさしたる魅力もなく、しかも歳《とし》の差が倍以上も開きのある笹倉に嫁いだという、そのことだけでも推測に難くない。下岡の口ぶりから察しても、笹倉が金力か政治力か、力ずくでねじ伏せるようにして克子を獲得したようなことが想像される。

「それにしても……」と、浅見は首をひねった。

「やはり不思議ですねえ。笹倉さんの奥さんがそこまで笹倉さんの言いなりに、屈辱的で破《は》廉恥《れんち》な『不倫』を行わなければならないのは、いったいどういう事情があるのでしょうか？」

言って、床を見つめた恰好《かっこう》で黙った。

下岡も長いこと沈黙していたが、諦《あきら》めたようにいった。

「浅見さんがそこまで知っとるんなら、いまさら隠しても仕方ないんじゃけど、克子夫人はもともと社長のコレだったんですよ」

小指を立てて、「それを、笹倉先生が惚《ほ》れ込んでしもうて、まあ、こういう言い方はなんじゃけど、譲ったいうか……じゃけど、うちの社長もわがままじゃから、いまだに……」

と、社長室の方角に視線を送って、肩を揺するようにして笑ってから、言葉を繋《つな》いだ。

「さらにそれ以前のことを言いますとな、彼女の父親がやっとった不動産会社がパンクして、克子さんはヤクザに売り飛ばされるところだったんを、社長が救ったというような事情があるんです。まだ若いんじゃけど、克子さんは相当恐ろしい目に遭《お》うてきているいうてもええでしょうなあ。それを思えば、いまは何でも自由にできるし、幸せなのとちがいますか」

聞かなければよかった——と浅見は後悔した。何か言う気力も喪《うしな》った。

「それで浅見さん、あんたこれからどうするつもりです？」

下岡はまた探るような目をした。

「今晩、もう一度笹倉さんのお宅にお邪魔するつもりです」

「えっ、また行くんですか……やめたほうがええなあ」

「やめろ」と強圧的でなく、「やめたほうがええ」と忠告めいた言い方をしたことに、浅見はちょっと意外な気がした。

「どうしてですか？」

「どうしてって……あんまり感心したことじゃないでしょう。他人の領域を侵すことは」

「いえ」と、浅見はきっぱりとした口調で言った。

「他人の生命を侵すことに較《くら》べれば、この程度のことは許される範囲だと思います」

「いや、それはそうじゃけど……」

いったんは鼻白んだが、下岡は思い直したように、「しかし、気をつけて行動することじゃな」と、心底気づかうように言った。

浅見は黙って、彼の好意に頭を下げた。このとき、心に思い描いた「容疑者」のリストから下岡の名は消えた。

そのあと、浅見は岡山駅に駅長を訪ねて、大雪の日に笹倉県議と会ったかどうかを確かめた。雑誌に「地方政治家の一日」という記事を書くという触れ込みであった。「ああ、お会いしましたよ」と駅長はすぐに思い出した。

「雪のほうはまだそれほど積もってはなかったですが、翌日の運行が心配で、私を含めて全員が出勤しておりまして、笹倉先生は私らを労《ねぎら》って声をかけて行かれました」

「それは何時頃でしたか？」

「あの日はすでに若干の遅れが出ておって、たしか二十二時四十七分のひかりが二十三時頃到着したのに乗っておられたのだと思います」

だとすると、少なくともその時刻に岡山駅にいたことだけは事実なのだろう。しかし、新倉敷からいったん、上り列車で姫路《ひめじ》辺りまで行って、そこからひかりに乗って、引き返してくる方法もある。もっとも、警察が何の疑いも抱かなかったことを考えると、笹倉にはそんな幼稚なトリックを使う必要があったかどうか、また、トリックが役に立ったかどうかのほうが疑問だが——。

いつものことだけれど、こういう調査にとりかかると、つくづく警察が羨《うらや》ましい。たとえば、ひかりの乗務員に笹倉を目撃したかどうかを確かめることもできるし、それ以前の段階で、東京を何時に出発したかを調べ上げることも容易だ。こんな独りぼっちの素人探偵ではどうしようもない。それにつけても、警察は何をやっているのだろう——と、腹が立つ。

日暮れまではまだだいぶ時間がある。岡山駅に来たついでに、浅見はもう一度、玉島《たましま》の現場へ行ってみることにした。

新倉敷駅からタクシーで現場を見たが、別段の変化があるわけでもなかった。津山音楽大学の工事が始まる気配も、まだない。やはり総合芸術大学構想の台頭がブレーキになっているのだろうか。運転手に聞いても、「間に合うんじゃろか」と言っていた。

玉島署の西山刑事は浅見の顔を見るなり、「まだおったんですか」と、疫病神《やくびょうがみ》を見るような目になった。

「すぐに失礼しますが、一つだけ聞かせてください」

浅見は下手に出て、恐縮の体《てい》を装いながら訊いた。

「亡くなった夏井康子さんですが、何者かの手で運ばれた疑いはまったくなかったのでしょうね？」

「それはじゃから、なかった言うたでしょう。足跡も車の跡もなかったんです。雪で消えてしもうたいう、あんたの意見も分かりますけどね。とにかくなかったことは事実なんじゃけえ」

「それは分かりましたが、たとえば、夏井さんの靴やコートに、引きずったような痕《あと》があったとかですね、そういうことは……」

「ありませんがな。そんなもんがありゃあ、すぐに気がつくでしょうが。あんたなあ、警察をばかにしちゃあいけんですよ。実況検分にはちゃんと鑑識も出て、きちんと調べとんじゃけえ」

「その鑑識さんですが、コートのフードの中についた髪の毛や化粧品の成分だとか、フルートの指紋なんかも採取して調べたのでしょうか？」

「それは……どうか知らんですけど……指紋は調べとったけど、コートのほうはどうじゃったかな」

西山はたちまち自信を喪失した。

「それ、確認していただけませんか」

「えっ、自分がですか？　そんなこと出来るもんですか」

「どうしてですか、やってくださいよ。とくにコートはちゃんと保存してあるのか、心配になってきました」

「コートはもちろん遺族に渡しましたよ。そっちへ行って聞いてください。とにかくあの事件は……いや、あの自殺は、とうに処理されておるのです。これ以上、言うことはありませんん」

西山刑事は憤然として立ち上がった。ある一線から先は取りつく島もない、警察の体質そのもののような男だった。

玉島署を追い出された恰好だが、浅見はコートの保存がだんだん気になってきた。夏井康子の自宅に電話を入れたが、何度電話しても応答がない。たぶん店のほうに出ているのだろうが、店の名前が何というのかも分からない。

岡山に戻ると、浅見は真っ直《す》ぐ夏井家を目指した。すでに日は落ちて、街は夜の装いに移ろうとしている。駅の周辺は東京と変わらない賑《にぎ》わいだが、少し都心を外れると、山影に包まれるような侘《わび》しい黄昏《たそがれ》である。

案の定、夏井家は留守だった。住まいと続きの建物がコンビニの店になっている。食事どきが過ぎて買い物客はまばらだが、それでも店の人たちは忙しそうに動いていた。

康子の母親を見つけて、浅見はお辞儀をした。「ああ」と、ここでも、あまり歓迎されない顔で挨拶《あいさつ》を返された。どこへ行っても迷惑がられるのには、悲しくなる。

「お忙しいところ恐縮ですが、ちょっとよろしいですか」

「はあ、ちょっとだけなら……」

母親が込み入った話だと思ったらしく、店の奥の小さな事務室兼倉庫のような部屋に入れてくれた。

「つかぬことを伺いますが、康子さんが亡くなった時に、濃紺のコートを着ておられましたね。そのコートは、大事に保存なさっていますか？」

「いいえ、あれは康子が気に入っとったコートですけえ、お棺に入れて上げました」

「えっ……」

浅見は絶句した。それじゃ、コートは文字通り煙と化して雲の上だ。そういうことになるから、警察はしっかりしてくれないと——と、胃の腑《ふ》の辺りが痛くなった。

「それで、警察がそのコートを調べた形跡はありますか？」

「調べるといいますと？」

「つまり……」

説明しようとしたが、諦めた。

「警察はそのコートをいつ返してくれましたか？」

「それは、康子と一緒に戻してくれましたけど。あの、司法解剖いうんですか、それが終わって……」

せっかく忘れようとしている悲しいことをまた思い出して、母親の顔がひしゃげた。

しかし、浅見のほうはそんな感傷に浸っているどころではなかった。遺体と一緒に戻ったとなると、警察がコートを管理していたのは、わずか一日程度ということになる。その間に十分な化学的分析調査などできるはずがない。要するに、警察は何もやっていなかったのだ。

西山刑事がうろたえて、うるさいルポライターを追い出すわけである。

母親に礼を言って店を出て、浅見は腹立ちまぎれに大股《おおまた》で歩いた。空腹と重なって、ますます胃が痛んだ。

警察たのむに足らず――と思った。こんなことを、警察庁刑事局長を務める兄にはとても言えないが、これが現実なのだからしようがない。

時刻は七時を回った。とにかく、腹が減ってはいくさができない。空腹で怒るのも体によくない。浅見は目についた寿司《すし》屋に入って「特上にぎり」を注文した。これが最後の晩餐《ばんさん》になる可能性がある――などと、冗談半分に思って、妙に深刻になった。

ツキのない日というのはあるものらしい。特上にぎりのトロと赤貝はよかったが、三つ目のイカがひどかった。口に入れたとたん、「むっ」と動けなくなった。口の中といわず鼻孔といわず、五臓六腑にツーンという悪臭が染み渡った。

吐き出すわけにもいかず、のろのろと席を立ってトイレに入った。口いっぱいになったものを便器の中に吐き出した。手水《ちょうず》で口を濯《すす》ぎ、やっとの思いで席に戻った。

タイやウニなど、旨《うま》そうなネタのものが残っていたが、手をつける意欲を失った。店のおやじに文句を言うべきかどうか思案した。あのイカは相当に傷《いた》んでいたことは、まぎれもない事実なのだ。

しかし証拠があるか――などと、つまらないことを考えてしまう。重要証拠物件はすでに水に流してしまった。コートを煙にしてしまった警察を怒ったバチが当たったのかもしれない。まあ、イカに当たらなかっただけめっけものとするか。

浅見は気の弱い自分を慰めて、寿司屋を出た。意気の上がらないことおびただしい。前途に暗雲が立ち込めているような気分になってきた。

2

タクシーを降りる時、浅見はわざわざ運転手に名刺を渡して、「ここは県会議員の笹倉さんのお宅ですよ」と教えた。万一、「還《かえ》らぬ人」になった場合の手掛かりを与えたつもりである。運転手は意味が分からず、呆《あき》れ顔で「はあ」とだけ言った。

時計を見て、約束の午後九時ちょうどに、インターホンのチャイムを鳴らした。しばらく待ったが応答がないので、もう一度ボタンを押した。鳴らしたチャイムの音は響くのだが、余韻が消えると何も聞こえない。

(おかしい——)

浅見は相手が何を企《たくら》んでいるのか、あれこれと思い巡らせた。建物の窓にはどれにも明かりが灯《とも》っている。留守という感じはしなかった。耳をすますとテレビかラジオの音が聞こえるような気もする。

さらに二度三度、チャイムを鳴らした。これで聞こえないはずはないのだが、応答はまったくない。

（なんだよ、どういうこと？　もしかしたら死に絶えたのかな？――）

冗談で思って、ふいにゾーッとした。ハイエナが死の臭《にお》いを嗅《か》ぎつけた時には、心が勇み立つのだろうけれど、浅見の場合は背筋が凍って足がすくむ。

笹倉夫妻が死を選ぶ可能性については、浅見はまったく予測していなかった。いや、誰にしたって、あの殺しても死にそうにないような笹倉が、自殺するなどと予想できる者はいないだろう。

しかし――と浅見は考えた。笹倉夫人はどうだろう。彼女なら自殺しても不思議はないかもしれない。罪の意識と恐怖から逃れる道を求めて、卒然として死を選ぶことは考えられる。そして、その時には笹倉を道連れにするおそれも十分あるにちがいない。

ためしに門に手をかけると、抵抗なく開いた。その瞬間、浅見はなぜか食い残したにぎり寿司のことを思い出した。

門を入るとテレビの音が大きくなった。やはりあれはこの家のテレビが鳴っているのである。もしかすると、チャイムがテレビの音に消されて聞こえなかったのかもしれない。無理やりそう自分に言い聞かせて、浅見は玄関ドアのノブを握り、右へ回した。

ドアも鍵《かぎ》はかかっていなかった。瞬間、これは陥穽《かんせい》ではないのか――という疑惑が頭を過《よ》ぎった。薄めに開けたドアの隙間から「ごめんください」と声をかけた。しかしその程度ではテレビの音量に負けそうだ。思いきってドアの中に首を突っ込み、「笹倉さん、浅見です」と大きな声を張り上げた。

返事はない。いよいよただごととは思えない雰囲気だ。進むか退くか迷ったが、進むほうを選んだ。どのような罠《わな》が仕掛けられてあるにせよ、完全犯罪を企むような相手だとしたら、この状況で殺されることはないだろうと思うことにした。タクシーの運転手にもそれなりの手を打っているのだ。

もう一度、奥へ向かって声を投げかけ、返事のないのを確かめてから靴を脱いだ。広い三和土《たたき》に浅見の靴だけがポツンと寂しげだ。来客はいないらしい。

まず、玄関にもっとも近い応接室のドアをおそるおそる開けた。中は昨日のままの状態である。

玄関からは、真っ直ぐ奥へ向かう廊下と、右へ行く廊下、それに正面に階段がある。

浅見は応接室の前を真っ直ぐ奥へ進んだ。仕切りのドアがあって、それを開けると庭に面したリビングルーム。庭と反対の右側に、左右に開く切り子ガラスの嵌《は》まったしゃれた引き戸のドアがある。その向こうには、どうやらダイニングルームがありそうな感じである。

浅見は念のためにまた声をかけておいてから右側のドアに手をかけて、引き開けた。

「あっ……」と小さく叫んだ。

フローリングに絨毯《じゅうたん》を敷いた床の中央にあるダイニングテーブルの脚の脇《わき》に、笹倉夫人が倒れていた。うつ伏せで、顔だけが右向きにこっちを向いている。眼はほとんど白目に近く、苦しげに歪《ゆが》めた口もとから、わずかだが血のようなものが滲《にじ》んでいた。

(死んでる――)

浅見は全身がこわばった。何度も死体に遭遇している割には、ちっとも死体に強くなれない。お化けも怖いが、人間にとって、やはり死は最大究極の恐怖だと思う。

テーブルの上には、ワインのボトルと横倒しになったグラスが載っている。もう一つのグラスは床に落ちて割れていた。この状況を見れば、何があったのかは一目瞭然《りょうぜん》だ。

浅見はすぐに、笹倉の姿を求めて、視線をダイニングルームの奥へ送った。隣のキッチンへ向かうドアの端に、スリッパの片方が見えた。

用心深く部屋の最短距離を横切って、キッチンを覗《のぞ》いた。つんのめるような恰好で笹倉が倒れていた。右手は真っ直ぐに流し台の方角へ向いている。水を飲もうとしてここまで来て、力尽きたのか。

電話――と思った時、笹倉の手がかすかに動いた。浅見は駆け寄って「笹倉さん！」と怒鳴った。

笹倉が動いたのは一瞬の蘇生《そせい》だったのか、あるいは断末魔の痙攣《けいれん》にすぎなかったのかもしれない。しかし、その中で浅見の声を聞いたのは確かだ。そこだけが別の生き物のように眼玉が大きくひん剝《む》かれて、声の主を求めてギョロッと動いた。

「しっかりするんだ！」

「あ、の、やろー……」

それが最後に吐いた呼吸であった。ガクッと脱力して頭部が床にゴンと落ちて、それっきり笹倉は動かなくなった。

浅見は１１９番と１１０番に連続して通報した。どちらでもいいから、とにかく早く来てくれと願った。早かったのは救急隊であった。出動訓練の敏速さには驚嘆すべきものがあるが、実際の場面でもきちんと対応できているのは立派だ。

浅見は救急隊を門前で待ち受けて、証拠を荒らさないよう注意を与えた。「他殺の疑いがあります」と具体的なことも言った。救急隊長がギョッとして「死んどるんか？」と訊いた。

「たぶん」

隊長一人が浅見の先導で現場に入って、すぐに夫妻の死亡を確認した。

「こりゃ、警察を待ったほうがええな」

手をつかねてそう言った。

その警察はおよそ二分遅れで到着した。浅見と救急隊長の報告を受け、現場保存用の敷物を通路に延ばして、見ていてまだるっこしいほど時間をかけて現場に到達した。その頃には医師もやって来て、死亡を確認、現場での死後経過時刻を推定した。それによると、体温の状態から笹倉は死後十五分。夫人のほうは四十分ほどを経過しているそうだ。犯行は浅見が来る、およそ三十分前頃ということになる。

現場の状況からいって、ワインで毒物を飲んだことはほぼ間違いないと思われる。医師の話では、ボトルには毒物が入っていないもようということだ。後の調べでもそれは確認されるのだが、この時点で警察は他殺、自殺、心中（無理心中）などのケースを想定して捜査を開始している。

浅見はとりあえず玄関内で事情聴取を受けた。住所、氏名等を確認してから、まず最初は笹倉家を訪れた時刻、発見時の状況など、事実関係を把握する質問がつづいたが、訪問の目的を質《ただ》すあたりから雲行きは怪しくなった。

「訪問の目的は、二つの自殺事件の真相を究明するためでした」

浅見ははっきりそう言った。

「二つの自殺いうと、この二人のことを言うとるんですか？」

尋問にあたった刑事は混乱して、間抜けなことを訊いた。起きているかどうか分かりもしない「自殺」を、どう究明するために訪問できるというのだろう。

浅見はばかばかしくなったが、笑うわけにいかない。

「いえ違います。玉島の百々《どうどう》で起きた自殺と、津山市の吉井川での自殺です」

「ああ、後追い自殺事件いうやつじゃな。じゃけど、その自殺事件とここと、どねえな関係があるんです？」

「自殺というのは見せ掛けで、じつは笹倉さん夫妻がその事件に重大な関《かか》わりを持っていると考えられたのです」

「自殺が見せ掛け？……重大な関わりというと、どねえな関わりですか？」

「つまり、二つの連続自殺は、じつは自殺に見せかけた笹倉さん夫妻の犯行による殺人事件であるという……」

「ちょ、ちょっと待ってくれんかな。課長を呼んで来ますけえ」

それからは大変な騒ぎになった。所轄の岡山東警察署からは刑事課長が出て指揮を取っていたが、課長自ら尋問をして、この得体の知れぬルポライターを、とにかく本署まで連行することにした。

通りにはあっという間に警察関係と報道関係の車が列を作っていた。周辺にはどこから涌《わ》いたかと思えるような人の群れである。どこからどう伝わったのか、いつの間にか、現職の県議夫妻が殺された——という噂《うわさ》のほうが先行して、警察は報道陣に対してその噂をかき消すのに苦労していた。

浅見が出て行くと、カメラマンがわけも分からずにパッパッとむやみにフラッシュを光らせた。こんな写真が新聞にでも出たら、浅見家はパニック状態だな——と、母親の雪江《ゆきえ》未亡人の顔を想像しただけで、浅見は憂鬱《ゆううつ》な気分になった。

パトカーで警察署に運ばれながら、浅見は笹倉夫妻の最期のありさまを思い浮かべた。とりわけ笹倉の最期は忘れようとしても忘れられない強烈な映像になりそうだ。目玉をひん剝いて「あ、の、やろー」と言った。

（あの野郎とは誰のことだろう？——）

浅見はぼんやりと考えた。さすがに、あまりのショックに思考力が極度に低下しているらしい。自分の脳味噌《のうみそ》が、まるで他人のもののように鈍重に感じられた。

岡山東署は暗い夜空に、威嚇《いかく》するようにむやみに巨大に聳《そび》え立っていた。すぐに取調室に入れられて、まるで被疑者扱いで尋問された。

尋問はもっぱら、近藤《こんどう》というベテランの部長刑事によって行われた。ベテランだが、浅見のような変わり者に出会ったことなど、もちろんあるはずがない。

事の次第を説明するためには、まず玉島で起きた「自殺」の話からしなければならないのだが、それを他殺と認めさせることが難しい。そして、その難関を突破しないと、それにつづく「ごんご淵」の後追い自殺がまた説明不能だ。まして、その二つの自殺がじつは他殺で、それが原因、または動機になって、今夜の「事件」が発生したなどと、どう説明しようと納得してもらえそうになかった。

浅見は解説に疲れ果てたが、近藤は近藤で聴取に疲れたことだろう。最後は業をにやして「あんたが殺《や》ったんじゃないんか？」と言った。

「やったとは、何をですか？」

浅見も腹立ちまぎれに怒鳴った。

「決まっとるじゃろうが。笹倉さん夫妻を殺ったんじゃないんか、言うとるんじゃ」

「ばかばかしい」

「ばかァ？　ばかとは何なら、ばかとは。警察をなめたらあかんぞ」

なんだかヤクザ映画のような口調になって言った。こうなると、ベテランだけに近藤は固定観念に縛られて、浅見の言うことなどテンから相手にしようとしなくなる。何を言ってもノレンに腕押し、ヌカにクギだ。

一時間あまり経過して、現場から刑事がちらほら引き上げてきた。廊下で「捜査本部」がどうしたとか喋《しゃべ》っている。捜査本部の設置が決まったらしい。近藤部長刑事は「ちょっと待っとれ」と部下の刑事に見張りを命じて取調室を出て行った。

間もなく戻ってきた近藤はニヤニヤと機嫌がよさそうだった。

「刑事がおもろいことを聞き込んできたがな。昨日と一昨日、あの周辺をウロウロしとった挙動不審の男が何人もに目撃されとるそうじゃ。笹倉県議の家の前でも見たいう証言もある。なんでも、白っぽいブルゾンみたいなのを着た、背の高いハンサムな男じゃったそうじゃけど、どことのうあんたと似たとこがあるようじゃのう」

「ああ、それはたぶん僕のことですよ。近くの主婦みたいな人たちにも会ったし、ラーメン屋にも入りましたからね」

「ほほう、なかなか正直じゃないか。その調子で素直に話してくれんかのう」

「正直に話してるじゃないですか。それをあなたがまともに聞こうとしないだけです。誰か話の分かる人はいないのですか？」

言ってから（まずいな――）と反省したが遅かった。近藤の顔色がさっと変わった。

「お望みとありゃあ、そうしちゃろうじゃないか。明日の朝になりゃあ、話の分かる者が出て来るじゃろ。おい、入れとけや」

部下に顎《あご》をしゃくってみせた。刑事は立って、無表情に浅見の腕を取った。

「ちょっと待ってくださいよ。何で僕が留置されなければならないのですか。こんなのは職権濫用《らんよう》ですよ」

「おい、抵抗するんか。何じゃったら、公務執行妨害で現行犯逮捕してもええんで」

浅見は沈黙した。下手に抵抗すると、小突かれたり、柔道で投げられかねない。痛い思いをするだけ損だ。

刑事は無表情の上に無言で、浅見の腰からベルトを抜き取ると、留置場に向けて歩きだした。

3

留置場の中は寝具が粗末なことと殺風景なことを我慢さえすれば、空調の具合もまあまあだし、それほど居住性は悪くない。ことに独り静かに物思いに耽《ふけ》るにはまたとない環境といえる。警備保障つきのホテルにただで泊まっていると思えば、あまり悲観的になることもない。

浅見は緊張と興奮が収まってくると、事件を冷静に見つめる頭脳を取り戻した。

それにしても、笹倉夫妻があああいうかたちで死ぬとは、まったく意表を衝《つ》かれた。警察は捜査本部を設置するらしいから、今度は簡単に自殺や心中で片をつけるようなことはなさそうだが、安心はできない。

また、他殺と断定したらしたで、容疑が自分に向けられる危険性は十分あるから、浅見としては安閑《あんかん》としてはいられない。

いったい何があったのだろう？——と、浅見は頭の中で笹倉家の情景を再現してみた。ダイニングルームのドアを開けた瞬間からの地獄絵図である。あの美しいはずの笹倉夫人の、醜く歪んだ顔……。カタツムリのように見開かれた笹倉の眼……。

そうだ、あの時の笹倉の「あ、の、やろー」という掠《かす》れ声は何を意味するのだろう。「あの野郎」というからには、一般的には男のことを指しているようだが、必ずしもそうとはかぎらない。女性を罵《ののし》るときにも、うっかり「この野郎」と言ってしまう例は少なくない。だとすると、「あの野郎」が克子夫人を指しているとも考えられる。夫人がその場に倒れ伏し、笹倉だけが水を求めて逃げかけた様子からいうと、克子夫人が仕組んだ「無理心中」の疑いもないわけではない。

しかし、ストレートに解釈して、「あの野郎」が男を意味するとするなら、第三の人物が想定されることになる。

（まさか、僕のことじゃないだろうな——）と、浅見はふと不安になった。そういえば、かなりしつこく、笹倉や笹倉夫人に付きまとったことは事実なのである。

（だけど――）とすぐに言い訳のように思うことにした。笹倉は、「あ、の、やろー」と言ったのであって、「こ、の、やろー」ではなかったのだ。もし浅見を恨んでのものなら、間近に本人の顔を見、声を聞きながら「この野郎」と言わない道理はなさそうに思う。

ただし、これを警察が信用するかどうかは別問題だ。「ダイイングメッセージは『あの野郎』でした」と言っても、警察は「嘘《うそ》を言うな『この野郎』だったのだろう」と決めつけるに相違ない。そうして無駄な捜査を展開することになる。浅見が犯人でないことは、浅見自身がよく知っているのだが、警察の決めつけや思い込みに対してはほとんど抵抗できない。あまたの冤罪《えんざい》事件はこうして引き起こされるのである。

まあ、警察がどう考えようと、笹倉は「あの野郎」と言ったのだ。まともに解釈して第三の男の存在を考えることにしよう――と、浅見は腹をくくった。

留置場の良好な環境で冷静な思索をめぐらすと、澄明《ちようめい》な大気を通して風景を眺めるように、物のすがた、物の本質がくっきりと見えてくる。こんなことなら、ときどき警察に厄介になるのも悪くない――などと思えた。

笹倉の言った「あの野郎」は、浅見にはっきりと第三の人物の存在を認識させる効果があった。

思い返せば、夏井康子殺害について調べた過程で、笹倉があれほど「アリバイはある」と主張していたのに、浅見はついに疑いを捨てきれないままであった。いや、いまでもまだ事実関係を確認したわけではないけれど、しかし、康子殺害が笹倉と夫人の共犯による犯行だという思い込みが先行していたことは否定できない。

これでは警察の捜査を笑ったり謗《そし》ったりするどころではないではないか。

いずれは真相が解明できるにしても、もっと素直に笹倉の言葉を信用していれば、より早い時点で「第三の男」の存在に注目して、まったく違う角度で事件を追うことになっていたにちがいない。そうすれば、あたら笹倉夫妻の死を招くことはなかった。

浅見は暗い天井を仰いで、笹倉に自分の不明を詫《わ》びた。笹倉が死んでしまったいまとなっては、繰り言でしかないかもしれないけれど、せめて彼のダイイングメッセージを無駄にはしないつもりだ。

浅見は起き上がって鉄格子の嵌まったドアの窓から「すみませんが！」と怒鳴った。

誰もいないのか、応答がない。浅見はもう一度怒鳴り、ドアを叩《たた》いた。

「うるせえな」と制服の巡査がやって来た。うるせえほど聞こえていたのなら、返事をしてくれればいいのだ。

「すみませんが、近藤部長さんを呼んでいただけませんか」

「近藤さん？　近藤さんに何か用か？」

「事件のキーポイントが分かったので、お知らせしようと思いまして」

「何を言うとるんじゃ」

巡査は驚いてから、肩を揺すって笑いだした。

「被疑者が事件のキーポイントをお知らせするじゃと？　じゃけど、まあええじゃろ。自供する気になったいうわけじゃな」

巡査は近藤部長刑事を呼んできて、ふたたび取調室に戻った。今度は取調室に岡山県警捜査一課の警部補が加わった。嫌疑濃厚な参考人を確保してある——とでも報告したにちがいない。

警部補は青山《あおやま》と名乗った。四十四、五歳のふっくらとした小太りの男で、近藤よりはいくらか話が分かりそうな希望の持てる顔をしている。尋問の仕方も柔軟で、結論を急ごうとしない。浅見が岡山に来た目的が何だったのかから、のんびりと世間話のような調子で訊き始めた。

「三十三で独身ですか。ええ身分ですなあ」などと言っている。

これはこれで、焦《じ》れったいものである。浅見が何度も核心に触れる話をしたがると、そのつど「まあまあ、急がんでもええじゃろ」と、筋道を辿《たど》って話を聞こうとする。

そのうちに話題が家族のことに及んだ。近藤が作った調書を引っ繰り返して、「兄さんは公務員というと、何をしとるんですか？」と訊いた。

「役所です」

「役所は分かっとるけど、どういう役所？」

「それは……兄がどこに勤めていようと、僕とは関係ありませんよ」

「もちろん関係はないじゃろうけど、べつに教えてくれたって構わんでしょうが？　お兄さんに迷惑がかかるようなことをしとらんのじゃったら、隠すことはないじゃろう」

「迷惑はかかりますよ。警察から連絡が行ったりすれば、それだけで迷惑です」

「いや、連絡はせんよ。あんたが何もしとらんのじゃったらな。それに、あんたが黙っとったって、調べりゃあすぐに分かることじゃがな。どうなら、先方の役所へ行って、直接調べたほうがええいうんかな？」

「だめですよそれは……言いますよ。つまらないところです。警察です」

「警察？……あはは、つまらんところで悪かったなあ。じゃけど、そうじゃったんか、警察官じゃったんかな。それで教えとうなかったいうわけか……」

青山警部補は鼻の頭に皺《しわ》を寄せ、難しい顔になった。

「それで、警察はどこの警察なら？　警視庁管内じゃろうな」

「まあ、そうです」

「どこの警察署？」

「よくは知りませんが、千代田区のほうだと思います」

「千代田区か、皇居《こうきょ》の近くじゃな。まさか皇宮《こうぐう》警察じゃないじゃろうなあ。ははは、で、何をしとられるんなら、刑事かな？」

「まあ、そうです」

「階級は？　そうじゃなあ、あんたのお兄さんじゃったら、ヒラいうことはないじゃろうけえ、巡査部長か警部補、ん？　もうちょっと上ですか。大卒で入ったんじゃったら、そう、警部になっとってもおかしゅうないか。捜査係長か刑事課長どのか……まだ上ですか？　警視？　えっ、まだ上？　警視正？　あんた、その上いうたら警視長、それよかまだ上？……ふざけるのもええかげんにせえ！」

質問のたびに人差し指を上に向ける浅見に、青山警部補はとうとう額に青筋を立てて怒鳴った。こういうタイプは日頃おとなしそうに見えるだけに、いったん怒ると怖い。

「あんたなあ、こっちが優しゅうしよると付け上がってから、なんぼ身内に警察関係者がおるからいうても、法は厳正に執行されるいうことを忘れたらいけんで。ルポライターをやっとるんじゃったら、そんくらいのことは分かっとろうが」

「分かってますよ。だから正直に答えているじゃありませんか」

「正直言うて、あんた、兄さんは刑事じゃ言うたろうが。警視監の刑事がおるかい」

「ですから、刑事は刑事ですが、階級がどの辺に該当《がいとう》するのか、本当のところは知らないのです。警察庁のほうですから、たぶんふつうの警察官とは違うのじゃないかと……」

「なんじゃあ、警察庁に勤めとるんか。それで刑事いうと警察庁の刑事課勤務か。まさか刑事課長と違うじゃろね……ん？　まだ上言うんか？　ほんなら刑事部長？……刑事局長？……浅見刑事局長？……」

気の毒な警部補は調書の「浅見」の文字を見つめ、その目を気の毒な弟に向けて、「ほんまですか」と言った。

「はあ、ほんまです。すみません」

浅見は観念した鼠小僧《ねずみこぞう》のように、しおらしく頭を下げた。

それからの推移は、とてものこと「法は厳正に執行され」ているとは思えない大騒ぎであった。浅見の身柄はすぐに応接室に移され、刑事課長は飛んでくる、署長は来る、折から特別捜査本部長に着任したばかりの県警の刑事部長もやって来る……といった具合で、狭い応接室はさながら安いカラオケバーみたいな賑わいを呈した。

「しかし浅見さん、あなたも人が悪いですなあ」

刑事部長の若林《わかばやし》警視正は笑いながら、親しげに浅見の肩を叩いて言った。つい一昨日、最近の凶悪犯罪の激化に対処する全国都道府県警察刑事部長会議で、浅見刑事局長の訓示を聞いてきたばかりだという。

「あなたの活躍ぶりについては、漏《も》れ承《うけたまわ》っておりますよ。本県では幸い、玉野《たまの》の殺人死体遺棄事件の早期解決など、刑事捜査の成績はまずまずでして、その点鼻が高いが、まあ、今後とも何かとよろしく頼みます」

褒《ほ》めながら、この厄介な珍客を婉曲《えんきょく》に敬遠している言い方だ。

「今回の笹倉県議夫妻の事件ですが」

浅見はここで遠慮していたら、永遠にチャンスを失うような予感に駆られ、決然とした口調で言った。

「じつは、僕はたまたま、この事件に早くから関わることになりまして、事件の背景となる多くの事柄を知っています」

「あ、それは浅見さん、すでに近藤君のほうから報告を聞きました」

岡山東署の刑事課長が慌てて横から口を挟んだ。またぞろ、あのややこしい話を持ち出されては、捜査本部が混乱すると思っているにちがいない。

「ええ、ですからその話はここでは省略することにします」

浅見が言うと、刑事課長も署長もほっとした顔になった。

「それで、僕は手っとり早く、結論を申し上げます」

「結論、といいますと？」

刑事課長は、また心配そうに浅見の顔を覗き込み、若林刑事部長の表情を窺《うかが》った。

「つまり、笹倉県議夫妻殺害の犯人を指摘したいということです」

浅見が言うと、この場にいる全員の口から「ほうっ……」というため息が洩《も》れた。感嘆の──というよりは、迷惑に思う気持ちが込められているのが感じ取れる。

「犯人を指摘と言われると、浅見さんは犯人が何者かを知っておられるのかな？」

若林刑事部長が鷹揚《おうよう》なところを見せて、訊いた。

「いいえ、残念ながら、まだ誰かは知りませんが、指摘する方法を知っています。それを申し上げますので、あとは警察の力で裏付け捜査を行ってください」

「ふーん、それが事実なら、警察としても捜査の手間が省けますがね……しかし、浅見さんは二日か三日前に当地に見えたのでしょう？　それで事件の背景だの犯人を指摘するだのと、いきなり言われても、にわかには信じがたいものがありますなあ」

「いきなりではありませんよ」

浅見は苦笑して言ったが、腹の中には抑えきれないほどの憤懣《ふんまん》を抱えていた。

「僕は玉島署でも、それからこちらの刑事さんにも、それまでに調べてきたことを縷々《るる》お話ししているのです。しかしどなたもまともに聞いてくれようとしない。ですから、せっかくお話ししても、飛び飛びの内容になってしまって、ますます理解されにくく、信じられない話のようにお感じになるのではないでしょうか。もし本気で聞いてくだされば、わずか十分で十分、納得していただけます。いえ、これは洒落《しゃれ》ではありませんけど」

「ん?……」

一瞬、意味が取れずにキョトンとした目をしてから、若林刑事部長は「あははは」と高笑いした。

「なるほど、十分で十分ですか。いいでしょう、それじゃ浅見さんのレクチャーをみんなで承ろうじゃないですか。ははは、一昨日はお兄上、今日は弟さんの訓示ですか。それもまあよろしいでしょう」

多少、いまいましい気持ちもあるにちがいないが、さすが刑事部長ともなると、包容力があるというか、世渡り上手というか、とにかくソツのないものではあった。

4

特別捜査本部に当てられた会議室に、およそ四十人ほどの捜査員が集まった。上は若林捜査本部長から、下は新米刑事まで、初動捜査から引き上げてきて、とりあえず手の空いている刑事という刑事は全員が集合したような印象だ。そろそろ未明にかかろうかという深夜の作業を終えて、早く帰宅してベッドにもぐり込みたい顔ばかりである。

浅見が演壇に立つと、刑事課長が「起立」と怒鳴った。座っていた連中がいっせいに立ち上がり、直立不動の姿勢を取ると「礼っ」ときた。浅見もつられて三十度に体を倒し礼を返した。

いきなり機先を制されて度肝を抜かれた感じだが、ふだん不規則な生活をしている浅見にとっては、いっそ小気味のいいものであった。生まれた時から自由気儘《きまま》、甘やかされて育ち、おとなになるような連中の多い社会の中には、こういう人生もあるのだ——と、ちょっと厳粛な気分でもあった。何かというと警察の欠点ばかりをあげつらうようだが、考えてみると警察こそが社会秩序の最後の砦《とりで》のようなものである。組織の中にあっては、マスコミや世間に何を言われようと反論できない、彼らの立場も理解しなければならない。

「このたびの笹倉県会議員夫妻殺害事件について僕の推理をお話しする前に、まず、ある一人の女性が遭遇した事件についてお話ししなければなりません」

浅見は気分よく語りだした。

「その女性の名は夏井康子さん。みなさんもご承知のように、つい先日、玉島で『自殺』された若い女性です。夏井さんは昨年三月に津山音楽大学を卒業して、自宅の隣にフルート教室を開き、近隣の生徒に教えながら、自分も技術を磨いて、将来はオーケストラに参加することを夢見ていたそうです。

その夏井さんがある夜、国富《くにとみ》の生徒さんの家に出稽古《でげいこ》に行った帰り道、思いがけない情景を目撃したのです。それは笹倉夫人とある人物との不倫の現場と考えられます。

じつは、そのある人物『X』が何者であるかについて、その後の調べの過程で僕は錯覚していました。僕ばかりでなく、夏井さんの恋人もまた、その人物を誤認していたのですが、そのことはまた後でお話しすることにしまして、夏井さんはその不倫を目撃したために、悲劇的な事件に巻き込まれることになるのです。

夏井さんはその『X』か、あるいは笹倉夫人に会って、不倫を目撃した旨を伝えたと思われます。彼女がどういう理由でそうしたのかは、現在のところ分かりませんが、とにかく、それを受けた側としては、おそらく恐喝されたと認識したか、あるいは恐喝でないとしても、不倫を暴露される危険を感じたにちがいありません。

そこで、笹倉夫人と『X』は夏井さんを殺害する決心をしました。まず笹倉夫人が夏井さんを睡眠薬で眠らせておいて、夏井さんのコートを纏《まと》って玉島の新倉敷駅北側の小山に向かいます。あの大雪の降った日の夕方、午後五時頃のことでした。

笹倉夫人はそこで多くの通行人に目撃されます。きわめて特徴的な紺色のフードつきのコートですから、目撃者のほとんどが記憶していたようです。

そのあと笹倉夫人はコートを脱いで帰宅し、『X』とともに夏井さんを介抱するように見せ掛け、コーヒーでカプセル入りの毒物を飲ませ、死に到《いた》らせます。夏井さんは、あたかも倉敷市玉島の現場で七時に自殺したごとくに装い、じつは同時刻、岡山市国富の笹倉家内で殺害されたのです。

そして夏井さんの遺体は紺色のコートを着せられ、『X』の車に乗せられて玉島に向かい、午後九時から十時頃、フルートを抱いた姿で現場に遺棄されました。それから朝までのあいだに、二十センチ近い大雪が降って、夏井さんの死体は証拠となるべき足跡などとともに雪の下に覆われたのです。

これが第一の事件ですが、この事件では、夏井さんは遺書と思われるようなものを残していました。内容は『申し訳ありません』といったお詫びの文面で、必ずしも自殺を仄《ほの》めかすものではないのですが、実際に死亡しているだけに、遺書と見られる可能性があったことも否定できません。そうして、所轄の玉島署は自殺と断定し、捜査を打ち切ったのです。

ところが、彼女の死を自殺ではないと信じていたのが、夏井さんの恋人で婚約者でもあった戸川健介さんです。戸川さんは夏井さんが卒業した津山音楽大学の事務局に勤務していて夏井さんと知り合い、結婚の約束を交《か》わした間柄です。

　夏井さんの自殺は、この戸川さんとの関係がこじれたことを悲観してのものだと言われたのですが、戸川さんは終始、夏井さんが殺されたにちがいないと訴え、警察にも何度も捜査をつづけるよう進言したそうです。しかし、結局、戸川さんの願いは聞き入れられなかったために、ついに自分で独自の捜査を行う決心をします。

　そして、夏井さんの母親から、事件の前日、夏井さんが『出稽古先の帰りに面白いものを見た』と話していたことを知ります。その出稽古先の近所には、津山音楽大学の有力な後援者である笹倉県会議員の住居があることを知り、戸川さんはそこに何かの秘密があると考え、おそらく毎晩のように張り込みをつづけ、その結果、ついに戸川さんもまた『面白いもの』を目撃することになったのです。

　ところが、戸川さんの見た『面白いもの』は、夏井さんが見た『面白いもの』とはまったく別の物であったのです。戸川さんが見たものは、後に僕が目撃することになるのですが、じつはこれもまた『面白いもの』と言うに相応《ふさわ》しい、驚くべきものでありました。

　その『面白いもの』は何か、ここには大勢の捜査員の方々がおいでですので、こんなことを軽々しくお話ししていいものかどうか、少し不安なのですが、ここでの話はオフレコと考えてよろしいのでしょうか」

浅見は言葉を切って、若林刑事部長の顔を見た。若林は「もちろんです」と、重々しく首を縦に振った。

「職務上知りえた事実は外部に洩らさないというのは、警察官として遵守《じゅんしゅ》すべき、もっとも重要な規範です」

それもそうなのだろうけれど、刑事部長ばかりでなく、全員の顔に、はたしてどのような「面白いもの」が飛び出すのかを知りたい好奇心がみちみちていた。

「僕は二人の自殺事件に疑問を抱いて、やはり戸川さんと同じように夏井さんの母親から夏井さんが『面白いもの』を見たという、その話を聞いて、笹倉家の周辺で張り込みに入りました。そして幸運にも、おそらく戸川さんが目撃したものと同じ『面白いもの』に遭遇したのです。それはなんと、笹倉夫人と西日本総合開発の室口社長との不倫を思わせる現場でした」

捜査員たちがどよめきの声を発した。その中には「ありうることだ」と頷《うなず》きあう顔もいくつかあった。室口の艶福家《えんぷくか》ぶりは、かなり知られているのだろう。それにしても、相手が笹倉夫人とは——という驚きが全員の感想だったにちがいない。

「戸川さんは、夏井さんがそれを目撃したために、室口社長に殺害されたものと考え、笹倉氏に不倫の事実を密告し、もし笹倉氏が適切な措置を取らなければ警察に告発すると伝えたのです。

ところが、じつはこの戸川さんの密告は、笹倉氏にとって有難迷惑以外の何物でもなかった。なぜなら、笹倉氏と室口社長とは、利害を共にする関係で、笹倉夫人の不倫も笹倉氏公認のものであったからです。

室口氏が倉敷の総合芸術大学構想の推進者であることはご存じのことと思います。それに対して笹倉氏は津山音楽大学の後援者。この二人が裏で手を結び、しかもそこには笹倉夫人の不倫が介在していたなどということが暴露されたら、それだけで笹倉氏の政治生命は即刻失われることでしょう。

おまけに、戸川さんは室口氏が夏井康子さんを殺害したことを警察に告発するという。室口氏自ら手を下すことはありえないとしても、室口氏が部下に命じた可能性は否定できない。いや、その事実関係がどうかという以前に、そういう騒動が持ち上がってはたまったものではない。だから、笹倉氏は即座に戸川さんを殺害する決心をしたのです。クロロホルムか何かで眠らせ、深夜、車で津山まで運び、吉井川に投げ込みました。これがいわゆる後追い自殺事件の真相です」

浅見はすべて断定する言い方で話しているのだが、捜査員たちはあまりの奇想天外な話に驚いて、出来の悪い推理小説でも聞いているような、胡散臭《うさんくさ》い顔である。

しかしその中から、高校生のようにオズオズと手を挙げた者がいた。例の小太りの青山警部補だった。

「浅見さんが話された二つの事件についてはそれなりに理解できるのですが、その事件と今度の笹倉県議夫妻の事件とは、どのように結びつくのですか？　いまの話が事実だとすると、夏井康子さんも戸川健介さんも、すでに自殺事件として処理されているわけで、今度の事件が自殺か他殺かはともかくとして、何も笹倉さん夫妻までが死ぬことはなかったように思われるのですが」

「おっしゃるとおりです」

浅見は大きく頷いた。

「戸川さんを殺した時点以降、何ごとも起きなければ問題はなかったのです。ところがそこに僕というお節介な人間がやって来て、せっかく収まった事件をほじくり返した。僕も戸川さんと同様、笹倉氏に会って、室口氏と笹倉夫人との不倫を告発すると、なかば脅すようなことを言ったのです。そればかりか、僕は夏井さん殺害と戸川さん殺害のトリックも暴いて見せました。そのために笹倉氏はまた、戸川さんを殺害した方法で、うるさいルポライターを消そうと考えたのです。

ところが、この時点で笹倉氏は実に重大な錯覚をしていました。いえ、笹倉氏ばかりでなく、戸川さんも、それにこの僕もずっと錯覚のしっぱなしだったのですが、それは何かというと、夏井康子さんが目撃した『面白いもの』とは、笹倉夫人と室口社長との不倫の現場だと信じ込んでいたことです。

事実、戸川さんも僕もその現場を目撃しているのですから、そういう錯覚が生じるのは当然のことでした。しかし、冒頭に申し上げたように、夏井さんが目撃したのは、笹倉夫人と『X』の不倫であって、この『X』は室口氏ではなかったのです。

では『X』とは何者か――それはまだ分かりません。分かりませんが、ただ言えることは、笹倉夫人が打算や政略でなく、本当に愛した人物だったと言えるでしょう。それだけに夫人は『X』とのあいだの愛は必死で守りたかった。だから、夏井さんがその愛を邪魔しようとしたとき、躊躇《ちゆうちよ》なく殺人の共犯者になることに同意したのだと思います」

「共犯に同意したというと、殺人の共同正犯は『X』のほうですか？」

青山警部補が訊いた。

「そうだと思います。少なくとも、僕はそう思いたいですね。この男は笹倉夫人の純情と較べると非情な人物ですよ。自分の身に危険が迫った時、愛する者でさえ犠牲にできるのですから」

「というと、笹倉県議夫妻を殺ったのは、その『X』ですか？」

「もちろんそうです。笹倉家の現場を見た時、僕は奇妙な違和感を抱きました。あのあまり仲むつまじいとはいえない夫妻は、いったい何を祝って乾杯したのだろう——と。午後九時には、疫病神のようなルポライターが来て、たぶん殺さなければならないという不吉な状況です。それにもかかわらず、夫妻だけで乾杯するはずがない。もう一人、第三の人物がいて、社会一般の儀礼的な乾杯が行われたにちがいないのです。

ところが、現場には二人分のワイングラスしかなかった。しかもボトルの中には毒物は入っていないというのでしょう。だとしたらもう一人の人物が、自分のグラスと毒入りのボトルを持ち去ったと考えるしかありませんよ。その人物こそ『X』です」

「いったい」と、若林刑事部長が言った。

「その『X』とは何者か、浅見さんには何か手掛かりはないのですか？」

「あります」

浅見は静かに言った。とたんにまた会議室内にどよめきが起きた。

「その人物はおそらく津山にいるでしょう。笹倉夫人はしばしば津山を訪れて国際ホテルに泊まっています。ときには笹倉氏に内緒で行ったこともあります。そして、電話で打ち合わせてデートしていたもようです。したがって、ホテルの宿泊費の積算伝票に記録されている電話番号を探れば、『X』を割り出すことは容易でしょう」

言い終わるか言い終わらないかのうちに、数人の捜査員が席を立った。これからパトカーを飛ばして津山へ向かうつもりなのだろう。

5

もう午前一時を回っていたが、その夜の宿は、署長の顔で、すぐ近くにある岡山プラザホテルに部屋を取ってくれた。留置場に慣れたわけではないけれど、豪勢なダブルベッドがかえって寝心地が悪かった。なかなか寝つかれず、輾転《てんてん》としていたが、いつの間にか眠って、目が覚めたら九時近かった。

眠い目でカーテンを開けると、眼下に後楽園、その向こうに岡山城の天守閣、それに左右に長く旭川《あさひがわ》が一望できるすばらしいロケーションであった。こんないいホテルならもうひと休みしようと、ベッドに戻りかけたら電話が鳴った。

青山警部補が「お目覚めですか」と眠そうな声で言った。

「ええ、もちろん、いま食事に下りようと思っていたところです」

「あ、それでしたらちょうどよかったです。自分も朝食はまだですので、下のレストランでお待ちしております」

大急ぎで顔を洗って行くと、青山はエレベーターの前で待機していて、三十度に体を倒す礼をした。昨日と今日とでは、留置場とダブルベッドほどの違いである。

昨夜は署内に泊まり込みだったとかで、青山の睡眠不足は相当なものらしい。しかし警察官というのは元気なものだ。テーブルについて朝定食をオーダーする時、パンを一つ余計にくれと言って、ウェートレスに笑われていた。

彼女が行ってしまうとすぐ、青山は少し顔を寄せるようにして小声で言った。

「浅見さんが言われたとおりでした。けさまでに、津山国際ホテルで笹倉夫人が電話した相手を割り出して、目下、任意で取り調べを始めておるところです」

「そうですか、それはよかったですね。僕もあんなふうに言った手前、責任を感じていましたから」

「あの、浅見さんはその人物の名を聞かなくても分かっているのですか？」

「ええ、まあ」

「ほんとですか？」

「津山音楽大学の三原教授でしょう？」

「ほうっ、そうなのですか、分かっておられたのですか……しかし、どうして？」

「二つの理由でそう思いました」

浅見は視線を宙に置いて、物憂い気分になって、言った。

「一つは夏井康子さんが尊敬していた人物であるということです。夏井さんにとって三原教授は恩師としてもっとも尊敬している存在だったでしょう。その三原教授がこともあろうに、笹倉夫人と不倫をしている現場を目撃してしまった。その時点では、夏井さんはすでに、笹倉県議が室口氏と結んで、津山音楽大学を裏切り、総合芸術大学構想に加担しつつあることを知っていたにちがいない。その笹倉氏の奥さんが、尊敬する三原教授を誘惑している。夏井さんの目には、明らかに、三原教授を陣営に引きずり込もうという、笹倉氏の陰謀に思えたにちがいありません。だから一途《いちず》に思い込んで、笹倉夫人と会い、三原教授を誘惑するのはやめてくれるよう説得したのです。もしやめなければ、このことを天下に公表すると脅したかもしれません。それが三原教授と笹倉夫人の殺意を形成した動機でしょうね」

「うーん……まさにそのとおりのようです。しかし、それが理由の一つということは、それ以外にも何か、三原教授に疑いを抱くような理由があるのですか？」

「ええ、僕はむしろ、もう一つの理由のほうに、もっと早くから気づくべきだったと思っています」

「それは何ですか？」

「フルートです。夏井さんが亡くなっていた時、彼女は胸にフルートを抱いていたのですが、その持ち方は左右の手が逆だったのです」

浅見はテーブルの上のナイフを取って、フルートを持つ恰好をした。

「これが正しい持ち方ですが、夏井さんはこういう逆の手で持っていたのです」

持ち手を換えると、見るからに窮屈な恰好になった。

「これではフルートは吹けません。フルートのことを少しでも知っている人間だったら、絶対にそうするはずのない持ち方をしていたというわけです」

「しかし、それなら三原教授のような専門家が犯人というのと矛盾しませんか？」

「いえ、むしろ逆だと思いました。そうすることによって、犯人はフルートを知らない人間だと思わせたかったのでしょう。考えてみると、夏井さんは自殺に見せかけたのですから、そんな余計な細工《さいく》は必要ないはずなのですが、その辺りに三原教授の繊細さが表れているのですね。というより、警察の捜査能力を過信していたと言ったほうがいいかもしれません。三原教授は、いくら自殺に見せかけても、警察は他殺と見破るだろうと考えたのです。そこで万一見破られた場合に備えて、フルートを逆手に持たせて、いかにも素人の犯行に思わせようとしたのですよ。しかし、残念ながらというか、幸いにもというか、警察はそんなことには気づきもしなかった。さっさと自殺で片づけてしまって、せっかくの三原教授の深慮遠《しんりよえん》謀《ぼう》も不発に終わったというわけです」

「なるほど……」

青山は複雑な顔をして、元気がなくなった。警察の一員としては、警察の失態を指摘されたのはやはり快しとしないのだろう。

「こんな事件があったけれど、やっぱり岡山はのどかでいいところですねえ」

浅見は青山を慰めるように言った。

「ことに津山はよかったなあ。あの城跡の桜が咲く頃、ぜひ来たいと思います」

「そうですか、津山が気に入ってもらえましたか。じつは、自分は津山で生まれて、幼稚園まで津山におったんです。あのお城の桜吹雪が舞い落ちる辺りに住んどったもんで、津山の記憶は桜とともにあるというてもええでしょうか。退官したら、また津山に住みたい思うとるんですよ」

しばらく堅苦しい官用語を喋っていた青山警部補だが、最後に岡山弁が復活した。


チェックアウトでフロントに寄ると、支払いはすべて警察のほうへ回すとのことで、浅見をほっとさせた。お礼の挨拶に岡山東署に行くと、ちょうど津山から三原教授を護送してきた覆面パトカーが到着して、玄関先は慌しい雰囲気だった。

浅見のいる位置からは三原の後ろ姿がわずかに見えただけだが、ダンディなはずの長身が小さく背中を丸め、捜査員の肩に隠れるようにして、いかにも情けない姿であった。

若林刑事部長は、大事件のスピード解決にご機嫌な顔で浅見を迎え、応接室でコーヒーを御馳走《ちそう》してくれた。

「たったいま、逮捕状が執行されました。何もかも浅見さんのおっしゃるとおりでしたなあ。ことに、夏井康子さんを殺害した経緯については、動機から犯行に到るまで、すべて浅見さんのレクチャーそのままだったそうですよ。夏井さんの書いた例の『遺書』は、去年、夏井さんが音大在学中に、一時三原教授の指導に楯《たて》ついたことがあって、その時に書いた詫び状みたいなものが取ってあったのを使ったという話でした。いやあ、それにしてもみごとなもんです」

膝《ひざ》に手を置いて、頭を下げた。

「ただし、三原の供述によると、夏井康子さん殺害を実行したのは笹倉克子だったようです。夏井さんが笹倉家に来た時、三原は津山にいて、克子の計画を聞いて急ぎ岡山に向かった。到着した時にはすでに夏井さんは眠らされ、克子は玉島の現場へ往復してアリバイ工作を完了していたのです。もはや引き返せないと判断して、克子の犯行に協力せざるをえなかったと言っております」

あの笹倉夫人が——という想《おも》いが、浅見の胸を締めつける。津山の城跡でごんご淵に祈っていた、あの楚々《そそ》とした美人と、夏井康子殺害をあっさり実行してしまう狂気とが、どうしても結びつかない。やはり女性は理解の外だ——と、浅見の女性観はますます萎縮《いしゅく》するばかりである。

「三原は笹倉県議のほうから、総合芸術大学構想が成就したあかつきには、音楽部長というのか、そういうポストを約束されていたのだそうです。しかし、笹倉夫人と親密な関係になって、夫人の口からその約束は単なる口約束にすぎず、履行《りこう》される可能性の少ないものだと聞かされた。誇り高い三原教授としては、金儲《かねもう》けばかりの政治屋である笹倉にこけにされたという意識があったのでしょうな。後戻りしたくても、すべてが進行しつつあるし、笹倉夫人との抜き差しならぬ関係にがんじがらめになった。最後の笹倉夫妻殺害に至っては、焦りと悔恨から絶望的な犯行に及んだもののようです」

若い頃の三原智之は、日本を代表する天才フルーティストとして、将来を嘱望された存在だったそうだ。しかし、フルートという楽器はヴァイオリンやピアノと異なり、基本的にはソロ楽器というより、オーケストラのパートの一つとして位置づけられる。あの妙《たえ》なる音色とは裏腹に、活躍の場も地味で限定されたものといっていい。

しかも、次々に美貌《びぼう》の女性フルーティストが現れ、スター扱いでもてはやされるのを見て、三原はしだいに色褪《あ》せていった。津山音楽大学の教授に招聘《しょうへい》されてからは、あまり演奏活動もしなくなり、音楽仲間からは「あいつは歌を忘れたカナリヤか」と揶揄《やゆ》されたりもした。

三原としては自分の才能に限界を感じ、後進の育成に力を注ぐ方向に生き方を切り替えたのだろう。事実、教師としての三原の才能はすばらしいものがあったらしい。技術的なことはもちろんだが、音楽性において、三原の指導力は抜群に優れていたという。

「吹くな、歌え」というのが三原の口癖であった。フルートばかりでなく、管楽器全体の指導もしていた三原は、あらゆる管楽器の学生に対して、「吹くな、歌え」と教えつづけた。心の底から、はらわたの中から歌い上げるように——というのである。技術的にいえば腹式呼吸法にも繋《つな》がるのだろうけれど、やはり三原は、どちらかといえば精神を大切にしたといえる。

「吹くな、歌え」は、もしかすると、歌わなくなった三原自身への励ましだったのかもしれない——と、浅見はふと思った。天才が天才を失って、世俗のことに塗《まみ》れ、破滅していった姿が、あの小さく丸めた背中だったのか。

自分を信じ慕ってくれた可愛《かわい》い教え子を殺し、彼女の胸に歌えないフルートを抱かせた時、三原はどんなにか悲しかったことだろう。

暗い空から霏々《ひひ》として舞い落ちる雪の中に佇《たたず》んで、三原は生きてきた過去を思っていたにちがいない。脚光を浴びつづけた日々のどこに、いまの惨めさを暗示するものがあっただろう。この先どう生きても、やがては老醜の身を晒《さら》すことになる。いっそ、この雪空に昇って、この世から消えてしまいたい。だのに、なお生きていたいという欲求を捨てられぬ人間の愚かしさである。

「浅見さんには、あと二日ばかりご協力いただきますよ。よろしいですね」

若林刑事部長の声にわれに返った。「ええ」と答えながら、浅見は窓の外に視線を送った。四角に区切られた空には、早春の光が満ち渡っている。

エピローグ

楽屋前の廊下には、花束やプレゼントを手にした人々が群れていた。ほとんどが女性で少女からおばさんまでさまざまだが、大変な熱気で、気の弱い浅見など、とてものこと近寄れる雰囲気ではない。

ドアが開いて本沢《ほんざわ》千恵子が現れると、彼女たちは口々に意味不明のことを言いながら押し寄せ、われがちに花束を差し出した。

千恵子は職業的な笑顔を振りまいて、花束を受け取り、いったん大事そうに抱きしめ頬《ほお》ずりをしてから、後ろに控える岩崎の手に渡している。岩崎の腕はたちまち花束で一杯になった。

プレゼントが完了しても、ファンは去りがたいのか、千恵子の周囲から離れない。浅見は捧《さき》げ持った黄色いバラの陰に隠れるようにして、はるかに千恵子の姿を拝む恰好《かっこう》だ。

そのうちに千恵子がこっちを見た。バラの花に目を引かれたのかもしれない。「あら」と気づいて、「浅見さーん」と駆け寄ってきた。取り残されたファンの、あの男、何者なのよ——という白い目がいっせいに浴びせられ、浅見は身の置きどころがない想《おも》いであった。

千恵子はストラディバリをまるで浅見の代わりのように抱きしめ、身をよじるようにして「うれしい！」と言った。こんなツーショットを写真週刊誌に撮られたらどうしよう——と浅見は気が気ではない。

「いらしてくださったんですね。昨日お宅にお電話したら、まだ岡山ですっておっしゃってたから、いらしていただけないのかと思ってたんです。いつ？　今日ですか？」

「ええ、今日の四時頃かな。何とか間に合いました。とてもすばらしかった」

「ありがとうございます。ね、そのバラ、私に？」

「あ、そうそう、貧弱だけど、ほんの気持ちだけです」

「うれしい。憶《おぼ》えていてくださったのね、黄色が大好きだって」

「いや、これしきゃ知らないから」

「つまんない、すぐそういう言い方をするんだもの……ねえ、あのひと、あれからどうなさったの？　ほら、笹倉さんのお嬢さん」

「ああ、彼女は死にました」

「えっ……」

バラを抱いた千恵子は、花びらのような唇を半開きにして、それよりも大きく目を見開いて浅見を見つめた。

「それ、浅見さんの心の中で——っていう意味ですか？」

「ははは、僕にはそんな気のきいた科白《せりふ》は言えませんよ」

「じゃあ、ほんとに？……でも、どうして、いつ？……」

「花のいのちは短いものです」

笑おうとしたが、うまく笑顔にはならなかったらしい。千恵子は浅見の目を覗《のぞ》き込むように見て、「かわいそう……」と言った。その女性にか、それとも浅見にか、どちらとも取れる言い方だった。

岩崎マネージャーが「本沢さん、車が来てますよ」と催促した。

千恵子は「はーい」といったん背を向けてから、また戻って、「津山音楽大学の岡野学長さんからお電話で、大学が倉敷《くらしき》に移転したら、客員教授になってもらえないかっておっしゃるんです」と言った。

「岡山まで、飛行機で一時間ばかりだそうだし、月に二度か三度でいいっておっしゃるから、お受けしようかと思ってるんですけど、浅見さんはどう思います？」

「いいですねえ、それはいい。あなたが行けば学生は喜びますよ」

「そう、浅見さんがそうおっしゃるなら、やっぱりお受けしようっと」

嬉《うれ》しそうに笑って、「じゃあ」とバラをかざして走って行った。千恵子の姿はファンの群れに包まれたが、黄色いバラが人波の上でゆらゆら揺れている。

この作品はフィクションであり、文中に登場する人物、団体名は、実在するものとまったく関係ありません。また、風景や建造物、ニュースなど、実際の状況も多少異なっている点があることをご了解ください。

なお、この作品を刊行するにあたり、岡山市在住の浅見光彦倶楽部会員・青山融氏に方言指導をお願いしました。ここに厚く御礼申し上げます。

（著者）

自作解説

本書『歌わない笛』には『高千穂伝説殺人事件』（角川書店・一九八六年）のヒロインである「本沢千恵子」が登場する。『歌わない笛』の刊行は一九九四年だから、およそ八年ぶりのことになる。本沢千恵子は「ほんざわちえこ」が正しい読み方なのだが、『高千穂伝説殺人事件』では「もとざわ」とルビがふられた。校正段階で僕も気がつかなかったために、そのまま刊行され、たぶん現在もそうなっていると思う。第三者にとっては名前の読み方などどうでもいいようなものかもしれないが、当人としては大いに気になるにちがいない。

じつは本沢千恵子にはモデルがいて、ルビの誤りを指摘したのも彼女である。実物のほうはうら若い（当時）ピアノ教師で、作品の中では美貌《びぼう》のヴァイオリニストとして登場させてほしいという希望であった。その希望に沿って、ほぼそのとおりのヒロインを設定した。

「美貌」を要求するのはともかくとして、こういうモデルがいてくれると、書く側は助かることが多い。作中で一人の人間を創造するのは、それはそれでなかなか難しいものなのだ。外見はもちろん、性格、日常生活など、実物がいればそれを参考にできるし、ある程度のディフォルムを加えることによって、存在感のある人物像が描けるというものだ。もっとも、ほとんどの場合、作中の人物は実物とは似ても似つかぬキャラクターとして描かれることになるのだが、それでも当の本人にしてみれば、たとえば「美貌のヴァイオリニスト」があたかも自分自身のように錯覚できるものであるらしい。

『歌わない笛』ではもう一人、重要なヒントになった人物がいた。ほかでもないうちのカミさんがそれで、彼女の下手《へた》くそなフルートを聞かされているうちに、たまりかねて「もっと歌わなきゃだめだ」と文句をつけたことから、この『歌わない笛』という発想が生まれた。かくのごとく、災難を幸福に転じるところが僕のしたたかさでもある。

タイトルの謂《い》われはそういうことだが、創作の出発点は津山取材から始まった。岡山県津山市への旅は、作中の千恵子が体験したような、時ならぬ大雪とぶつかった。これまた災難ではあるけれど、それを逆手に取って作品に生かしている。プロローグで雪の降りしきる山林へ、ブルーのコートを纏《まと》った女性が歩いて行く——という描写は、この雪がなければ発想されなかったかもしれない。

「津山音楽大学」というのは、津山市に実在する（当時）音楽大学をモデルにしている。河畔の丘に建つ風光明媚《ふうこうめいび》な佇《たたず》まいであった。こういうキャンパスで学べる学生は幸せだろうな――と思ったのだが、実情は必ずしもそう安穏としたものではなかった。その問題点のいろいろが作品に投影された。どういう問題点かは、ほとんど読んでいただいたとおりだが、そういう状況が背景になければ、おそらくこの作品はまったく別のものになっていたはずである。

ところで『歌わない笛』の中で、浅見が毎朝新聞岡山支局を訪ねる場面がある。浅見が名刺を出すと、相手の飯塚という男が浅見を知っていて、「鳥取県倉吉の事件で、だいぶ活躍されたそうじゃないですか」と言う。倉吉の事件とは、『怪談の道』(角川書店)のことで、じつは津山取材と倉吉取材とは同時に行われている。岡山県の北に隣接するのが鳥取県だから、ついでに寄り道したというのが真相だが、それとは別に倉敷取材にも出かけている。

津山音楽大学が倉敷に移転するという、ストーリーの背景を考えついた時点で、倉敷取材が必要になったというわけだ。このときの取材では、主として夏井康子の「自殺死体」があった玉島の山林や岡山市内をあれこれと取材して歩いた。そうやって取材しても、実際に執筆にかかると、いろいろと不備な面が出てくるものだ。

すべての作品に共通していえることだが、この作品ではとくに岡山市内のどこを「事件現場」にするかが難しかった。東京に山の手と下町があるように、岡山市にも住宅地と商売中心の土地がある。地図の上やガイドブックだけでそれを推測して描くと、現地の人たちに笑われてしまう。それともう一つ、方言の問題がある。以前『長崎殺人事件』で、長崎地方独特の

「ばってん」という言葉の使い方を間違えて、現地の人に指摘された。余所者《よそもの》にとってはどうでもよくても、地元の人には耐えられない違和感なのだろう。

岡山の風物と方言に関するチェックは、その当時発足したばかりの「浅見光彦倶楽部」会員で岡山在住の青山融氏にお願いした。浅見光彦倶楽部会員は約一万一千名（一九九七年九月現在）、全国にほぼ隈《くま》なくいてくれるので、現在でも方言チェックはすべて会員諸氏に依頼することにしているが、『歌わない笛』はその最初のケースになった。

『歌わない笛』を書いた一九九四年には、前記『怪談の道』のほか『幸福の手紙』『沃野の伝説』『札幌殺人事件』が刊行された。その中で『歌わない笛』は比較的ソフトな作品だったように思う。しかし、いわゆる推理小説という観点からいうと、もっとも推理小説的な仕掛けを施した作品に仕上がっている。とりわけ圧巻はラストに浅見光彦が捜査本部の連中を集めレクチャーを行う場面で、これは浅見のデビュー作である『後鳥羽伝説殺人事件』の同様の場面に匹敵する迫力と面白さがあった。この解説を書くために、あらためてこの作品を読み返してみたのだが、正直言って、その場面に到《いた》るも、僕はまだ犯人が分からなかったものだ。

康子や戸川、それに浅見が目撃した「面白いもの」の正体にも、「歌わない笛」の意味することにも、裏の裏があった。そのことに気づいた浅見によって暴かれた犯人は意外な人物だった。意外ではあるけれど必然性はある。何か運命的なものさえ感じられるのである。犯行に到るまでのあいだに揺れ動いたであろう犯人の心理や、犯行後に抱いたであろう虚《むな》しさにまで、浅見は思いを致している。その浅見の「優しさ」もこの作品の一つのテーマになっている。

もし僕の作品に特徴があるとするなら、たぶんこの「優しさ」ではないか――と、この頃《ごろ》思うようになってきた。ミステリーと呼ばれる小説の多くは、いかに巧妙に、あるいはいかに残酷に殺すかでサスペンスを競い合うようなところがあるけれど、そこに優しさを導入したのは、ひょっとすると僕が嚆矢《こうし》ということになるのかもしれない。

一九九七年秋

内田康夫

一九九八年九月　徳間文庫（徳間書店）刊

『歌わない笛』編

Asami Journal

浅見ジャーナル　番外

「いいえ、本当に何もありません。正真正銘のただの勘だけです」

浅見は申し訳なさそうに頭《こうべ》を垂れて、

「しかし、いまの僕は勘に頼る以外、証拠どころか情報も何もないのです。それに、もし何か、有力な証拠なり根拠なりがあるとすれば、警察が自殺で片づけるはずがないのではありませんか？」

「それはまあ、そのとおりですがねえ」

飯塚はため息をついた。期待して損したとでも思ったのだろう。

「それにしても、いくら浅見さんが名探偵でも、勘だけじゃどうしようもないでしょうなあ」

「さあ、それはどうか分かりません。すべての推理は勘から始まると言いますから」

〜第三章より

音楽と内田ワールド

内田作品には『歌わない笛』の他にも、音楽をモチーフにした作品があることをご存じでしょうか？　浅見光彦シリーズはもちろん、先生ご自身が「苦手」と公言してはばからない短編にも、音楽が重要なキーワードになっている作品がたくさんあります。

ここでは、その中からいくつかの作品をご紹介して参ります。皆様は何作ご存じでしょうか？

●『しまなみ幻想』（光文社）●

村上咲枝はピアノのレッスンを目指す十五歳。ピアノのレッスンのために、一週間おきの週末ごとに愛媛の今治と東京を往復している。そんな咲枝には母親を自殺で亡くした過去があった。母は本当に自殺だったのか……ふと頭をもたげた疑問を解決すべく、咲枝と浅見が小さな「探偵団」を結成！　浅見光彦シリーズでも、一、二を争う可憐なヒロインが登場。感動のラストシーンは、涙なくしては読めません！

●「踏まれたすみれ」（『少女像《ブロンズ》は泣かなかった』角川文庫収録）●

FMのクラシック番組を録音していた橋本千晶は、モーツァルトの歌曲「すみれ」が流れる途中、突然「……すみれを埋めた……」というノイズを聞いた。それをきっかけにしたように殺人事件が発生し、千晶にも危険が忍び寄る！　『多摩湖畔殺人事件』以来の名コンビ「車椅子の名探偵」